Agatha Christie®

O CASO DA CRIADA PERFEITA

& OUTRAS HISTÓRIAS

Tradução de Márcia Knop *e* Pedro Gonzaga

www.lpm.com.br

L&PM POCKET

COLEÇÃO 96 PÁGINAS

Coleção **L&PM** POCKET, vol. 1244

Texto de acordo com a nova ortografia.
Estes contos foram extraídos do livro *Os últimos casos de Miss Marple*
Título original dos contos: *Strange Jest; The Case of the Perfect Maid; Greenshaw's Folly*
Esta edição na Coleção **L&PM** POCKET: julho de 2017

Tradução: Márcia Knop
Montagem da capa: Carla Born
Preparação: Matheus Gazzola Tussi
Revisão: Viviane Borba Barbosa

CIP-Brasil. Catalogação na Fonte
Sindicato Nacional dos Editores de Livros, RJ.

C479c

Christie, Agatha, 1890-1976
O caso da criada perfeita e outras histórias / Agatha Christie ; tradução Márcia Knop , Pedro Gonzaga. – Porto Alegre, RS : L&PM, 2017.
96 p. ; 18 cm.

Tradução de: *Strange Jest; The Case of the Perfect Maid; Greenshaw's Folly*
ISBN 978-85-254-3417-3

1. Ficção inglesa. I. Knop, Márcia. II. Gonzaga, Pedro. III. Título.

16-32642 CDD: 823
CDU: 821.111-3

Rua Comendador Coruja, 314, loja 9 – Floresta – 90220-180
Porto Alegre – RS – Brasil / Fone: 51.3225.5777 – Fax: 51.3221.5380

PEDIDOS & DEPTO. COMERCIAL: vendas@lpm.com.br
FALE CONOSCO: info@lpm.com.br
www.lpm.com.br

Impresso no Brasil
Inverno de 2017

Sumário

Uma piada incomum

I

– E esta – disse Jane Helier, concluindo a apresentação – é Miss Marple!

Por ser uma atriz, ela tinha habilidade para fazer suas colocações. Era, sem dúvida, o clímax, o gran finale! Seu tom era uma mistura uniforme de admiração reverente e de triunfo.

A parte esquisita daquilo era que o objeto ora proclamado de forma tão orgulhosa era apenas uma velha solteirona amável e curiosa. Nos olhares dos dois jovens que tinham acabado de conhecê-la, graças à mediação de Jane, havia incredulidade e um quê de assombro. Era um casal bonito: a garota, Charmian Stroud, morena e esbelta; o rapaz, Edward Rossiter, um enorme jovem louro e cordial.

Charmian disse um tanto esbaforida:

– Ah! Estamos muitíssimo satisfeitos em conhecê-la.

No entanto, havia dúvida em seus olhos.

Ela lançou uma olhada rápida e interrogativa para Jane Helier.

– Querida – disse Jane, respondendo à olhada –, ela é absolutamente *maravilhosa.* Deixe tudo com ela. Eu disse que a traria aqui e trouxe.

Ela acrescentou para Miss Marple:

– A senhora *vai* dar um jeito nisso para eles, eu sei. Será fácil para a *senhora.*

Miss Marple virou os serenos olhos azul--claros em direção ao sr. Rossiter.

– Não vai me dizer – questionou – o que é tudo isso?

– Jane é uma amiga nossa – Charmian irrompeu sem paciência. – Eu e Edward estamos numa situação complicada. Jane disse que se viéssemos à festa dela, nos apresentaria a alguém que era, que seria, que poderia...

Edward ajudou-a.

– Jane nos contou que a senhora era a melhor detetive que poderia existir, Miss Marple!

Os olhos da velha senhora cintilaram, mas ela contestou de forma modesta.

– Ah, não, não! Nada disso. O fato é que morando numa vila como a que eu moro, qualquer um aprende a conhecer muito a natureza humana. Mas, sem dúvida, vocês me deixaram bastante curiosa. Digam-me qual é a situação.

– Suspeito que seja muitíssimo comum... é apenas um tesouro escondido – respondeu Edward.

– Verdade? Isso parece muito interessante!

– Eu sei. É como *A ilha do tesouro*. Mas, no nosso caso, faltam as pitadas romanescas usuais. Não há nenhum ponto no mapa indicado por uma caveira e duas tíbias cruzadas, nenhuma instrução do tipo "quatro passos para a esquerda, oeste indo pelo norte." É vago demais... indica apenas onde a gente deve cavar.

– Já fizeram alguma tentativa?

– Diria que cavamos cerca de dois sólidos acres completos! Todo o lugar está pronto para ser transformado numa horta comercial. Estamos apenas decidindo se plantaremos mudas de hortaliças ou batatas.

Charmian falou um tanto ríspida:

– Temos mesmo que contar a história toda?

– Mas é claro, minha querida.

– Neste caso, vamos achar um lugar mais calmo. Vamos, Edward.

Ela mostrou a saída do ambiente abarrotado de gente e cheio de fumaça, e eles subiram as escadas em direção a uma sala de estar pequena, no segundo andar.

Quando já estavam acomodados, Charmian começou de repente.

– Bem, aqui estamos. A história começa com o tio Mathew, ou melhor, nosso tio-bisavô. Ele era muito velho. Edward e eu éramos seus únicos parentes. Ele gostava da gente e sempre dizia que, quando morresse, deixaria o dinheiro para nós. Bem, ele morreu em março e deixou tudo que tinha para ser dividido em partes iguais entre Edward e eu. O que acabei de contar pode parecer bastante insensível. Não quis passar a impressão de que estava esperando pela morte dele. Na verdade, gostávamos muito do tio. Mas ele estava doente fazia algum tempo. O fato é que "tudo" que ele deixou tornou-se quase nada. E isso, sendo muito sincera, foi um balde de água fria para nós, não foi, Edward?

O cordial Edward assentiu.

– Veja – ele disse –, nós contávamos um pouco com isso. Quero dizer, quando você fica sabendo que uma boa quantia de dinheiro lhe espera, você não... bem... você não se vira e corre atrás do prejuízo sozinho. Estou no exército, não ganho nada além do meu salário, e Charmian não tem um centavo. Ela trabalha como contrarregra numa companhia de teatro... é muito interessante e ela adora, mas não ganha dinheiro. Pensávamos em nos casar, mas não estávamos preocupados com a parte financeira disso, pois sabíamos que ficaríamos muito bem algum dia.

– E agora, veja, não temos nada! – lamentou-se Charmian. – Além do mais, Ansteys... esse é o nome da propriedade da família, que eu e Edward adoramos, provavelmente terá de ser vendida. Mas nós sabemos que não podemos permitir isso! No entanto, se não encontrarmos o dinheiro do tio Mathew, teremos de vendê-la.

Edward falou:

– Vamos, Charmian, ainda não chegamos à parte principal.

– Bem, então, fale você.

Edward virou-se para Miss Marple.

– Bom, ouça. Quanto mais o tio Mathew envelhecia, mais e mais desconfiado ficava. Ele não acreditava em ninguém.

– Muito inteligente da parte dele – avaliou Miss Marple. – A corrupção da natureza humana é inacreditável.

– Bem, a senhora deve estar certa. Seja como for, o tio Mathew pensava dessa forma. Ele teve um amigo que perdeu o dinheiro num banco, outro que foi arruinado por um advogado fugitivo, e ele próprio perdeu parte do dinheiro numa companhia fraudulenta. Ele ficou de um jeito que costumava repetir até a exaustão que a única coisa segura e racional a fazer era converter o dinheiro em ouro maciço e enterrá-lo.

– Ah – disse Miss Marple –, estou entendendo.

– Pois é. Alguns amigos argumentaram com ele, avisaram-no que, fazendo isso, ele não ganharia nenhum benefício, mas ele assegurou que isso não tinha a menor importância. A maior parte do dinheiro dele, dizia, deveria ser "guardada numa caixa embaixo da cama ou enterrada no jardim." Essas foram as palavras dele.

Charmian deu seguimento:

– E quando ele morreu, não deixou quase nada em ações, embora fosse muito rico. Então pensamos que ele deve ter feito o que falou.

Edward explicou:

– Descobrimos que ele vendeu ações e foi acumulando quantias de dinheiro de tempos em tempos, mas ninguém sabe o que ele fez com o dinheiro. No entanto, parece provável que tenha cumprido sua palavra, comprado ouro e o enterrado.

– Ele não disse nada antes de morrer? Deixou algum documento? Alguma carta?

– Essa é a parte mais maluca da história. Ele não deixou nada. Ficou inconsciente por uns dias, mas despertou antes de morrer. Olhou para nós dois e deu uma risadinha, um riso tímido e fraco. Disse: "*Vocês* ficarão bem, meu belo casal de pombinhos". Depois disso bateu de leve no olho, no olho direito, e piscou para nós. Em seguida morreu. Tio Mathew, pobre velho.

– Ele bateu de leve no olho – disse Miss Marple, pensativa.

Edward falou com ansiedade:

– Isso lhe sugere alguma coisa? Este detalhe me lembrou uma história de Arsène Lupin, em que havia algo escondido no olho de vidro de um homem. Mas o tio Mathew não tinha um olho de vidro.

Miss Marple mexeu a cabeça de forma negativa.

– Não. Nada me vem à mente neste momento.

Charmian disse, desapontada:

– Jane nos falou que a senhora diria *de imediato* onde cavar!

Miss Marple sorriu.

– Não sou uma feiticeira, sabe. Não conheci seu tio, nem sei que tipo de homem ele era, e não conheço a casa, nem o terreno.

Charmian sugeriu:

– E se a senhora os tivesse conhecido?

– Bem, acredito que seria um pouco mais simples, não? – perguntou Miss Marple.

– Simples! – ironizou Charmian. – Venha até Ansteys e verá se é simples!

Presume-se que não houve a intenção de o convite ser levado a sério, mas Miss Marple, animada, disse:

– Bem, sem dúvida, minha querida, é muita gentileza sua. Sempre quis ter a chance de procurar um tesouro enterrado. E – acrescentou, olhando para eles com um comedido sorriso radiante – com um interesse afetuoso, também!

II

– Viu? – disse Charmian, em tom dramático.

Eles tinham apenas finalizado a volta completa por Ansteys. Passaram ao redor do jardim da cozinha, cheio de valas abertas. Atravessaram o pequeno bosque, onde havia uma escavação ao redor de cada árvore importante, e olharam pasmados e tristes para a superfície esburacada do único gramado macio. Subiram ao sótão, em que caixas velhas e baús antigos tinham sido esvaziados. Desceram até o porão, onde as pedras do piso tinham sido erguidas do lugar com resistência. Mediram e deram pancadas nas paredes, enquanto Miss Marple apontava cada móvel antigo que continha ou poderia ser suspeito de conter uma gaveta secreta.

Na mesa da sala de estar havia um amontoado de papéis; todos os papéis que Mathew Stroud tinha deixado. Nenhum havia sido destruído. Charmian e Edward habituaram-se a revê-los várias e várias vezes, examinando de forma incansável contas, convites e cartas comerciais, com a esperança de descobrir uma pista até então despercebida.

– Consegue imaginar algum lugar onde a gente não tenha procurado? – perguntou Charmian, esperançosa.

Miss Marple balançou a cabeça de modo negativo.

– Parece que vocês procuraram em toda parte, minha querida. Talvez, se me permite dizer, até um pouco *demais*. Sabe, sempre acho que as pessoas devem ter um plano. Veja o caso de uma amiga minha, a sra. Eldritch. Esta senhora tinha uma criadinha muito boa, lustrava o piso de modo impecável. Mas ela era tão aplicada que limpou demais o piso do banheiro e, quando a sra. Eldritch saiu do banho, o tapete de cortiça, embaixo de seus pés, escorregou e ela teve uma queda horrorosa e quebrou a perna! O pior foi que a porta do banheiro estava trancada, claro, e o jardineiro teve de pegar uma escada e entrar pela janela... terrivelmente constrangedor para a sra. Eldritch, que sempre foi uma mulher muito recatada.

Edward moveu-se, inquieto.

Miss Marple disse com pressa:

– Por favor, me desculpe. Sou tão suscetível a sair pela tangente. Mas uma coisa leva a outra. E às vezes isso ajuda. Tudo que eu queria dizer é que talvez se tentássemos usar nossa imaginação e pensar sobre um lugar plausível...

Edward disse, rabugento:

– A senhora pense em um, Miss Marple. A esta altura tanto a minha cabeça quanto a de Charmian são um vazio completo!

– Sim, é verdade. Claro... é muito cansativo para vocês. Se não se importam, vou examinar tudo isto.

Ela apontou para os papéis em cima da mesa.

– Isto é, se não houver nada particular. Não quero parecer intrometida.

– Ah, tudo bem. Mas receio que a senhora não encontrará nada.

Ela sentou-se à mesa e vasculhou a pilha de documentos de forma sistemática. Ao recolocá-los um por um, arrumou-os em pequenos montes sem pensar duas vezes. Quando terminou, sentou com o olhar fixo à sua frente por alguns minutos.

Edward perguntou, com um toque de ironia:

– E então, Miss Marple?

Miss Marple voltou a si com um pequeno sobressalto.

– Me desculpe. Bastante útil.

– Encontrou alguma coisa relevante?

– Ah, não, nada do tipo, mas eu realmente acredito que sei o tipo de homem que era seu tio Mathew. Acho que é muito semelhante ao meu tio Henry. Gostava de piadas bastante óbvias. Solteiro, é claro... me pergunto por quê. Uma antiga decepção, talvez? Metódico ao extremo, mas não gostava muito de se prender a ninguém... como a maioria dos solteiros!

Por trás das costas de Miss Marple, Charmian fez um sinal para Edward. Significava: ela é gagá.

Miss Marple continuava a falar com entusiasmo do seu finado tio Henry.

– Adorava jogos de palavras, o tio. E para algumas pessoas, jogos de palavras podem ser bastante irritantes. Era um homem desconfiado também. Estava sempre convencido de que os empregados estavam-no roubando. E algumas vezes, claro, eles estavam mesmo, mas nem sempre. Isso cresceu dentro dele, pobre homem. Perto de morrer, ele suspeitava de que estivessem adulterando sua comida, e, por fim, recusou-se a comer qualquer coisa que não fosse ovos cozidos! Dizia que ninguém poderia adulterar o que estivesse dentro de um ovo cozido. Querido tio Henry, chegou a ser uma pessoa tão alegre a certa altura... gostava muito do seu café depois do jantar. Costumava dizer: "este café está muito mouro", o que significava, você sabe, que ele queria mais um pouco.

Edward se deu conta de que se ouvisse mais alguma coisa sobre o tio Henry, perderia o controle.

– Também gostava muito dos mais novos – Miss Marple continuou –, mas tendia a perturbá-los um pouco, se é que me entende. Costumava colocar embalagens de doces onde uma criança jamais poderia alcançar.

Deixando de lado a polidez, Charmian falou:

– Ele me parece terrível!

– Não, querida, apenas um velho solteirão, sabe, pouco acostumado com crianças. E não era de todo estúpido, não. Costumava guardar uma boa quantia de dinheiro em casa, e tinha um cofre para colocá-lo. Fazia um grande alvoroço sobre isso... e sobre quão seguro era o cofre. Como resultado de seu falatório excessivo, uns assaltantes entraram na sua casa, certa noite, e fizeram um buraco no cofre com uma arma química.

– Bem feito para ele – vingou-se Edward.

– Ah, mas não havia nada no cofre – revelou Miss Marple. – Veja, ele, de fato, guardava o dinheiro em outro lugar. Na verdade, atrás de uns livros religiosos, na biblioteca. Dizia que ninguém tiraria um livro daqueles da estante!

Edward interrompeu-a, empolgado.

– Já sei, tenho uma ideia. Que tal a biblioteca?

No entanto, Charmian balançou a cabeça com desprezo.

– Acha que eu não pensei nisso? Procurei em todos os livros na terça passada, quando você foi a Porstmouth. Retirei todos, balancei-os. Não havia nada neles.

Edward suspirou. Em seguida, levantando--se, fez um esforço para livrar-se com jeito da sua decepcionante convidada.

– Foi muita bondade sua ter vindo até aqui tentando nos ajudar. Desculpe se tudo não passou de um esforço inútil. Sinto que já tomamos demais o seu tempo. Todavia, vou tirar o carro e a senhora poderá pegar o ônibus das três e meia...

– Ah – interrompeu-o Miss Marple –, mas temos que encontrar o dinheiro, não é? Não deve desistir, sr. Rossiter. "Se na primeira você não conseguir, tente, experimente, tente novamente."

– A senhora quer dizer que vai continuar tentando?

– Falando de modo específico – respondeu Miss Marple –, ainda nem comecei. "Para começar, pegue sua lebre", como diz a sra. Beaton em seu livro de culinária, um ótimo livro, porém dispendioso. A maioria das receitas tem início assim: "Pegue um quarto de nata e uma dúzia de ovos". Deixe-me ver, onde eu estava? Ah, sim. Bem, como se diz, já temos nossa lebre... nossa lebre humana, claro, o seu tio Mathew. Agora, temos apenas que decidir onde ele esconderia o dinheiro. Deve ser bem simples.

– Simples? – inquiriu Charmian.

– Sim, querida. Tenho certeza de que ele deve ter feito o óbvio. Uma gaveta secreta, essa é a minha resposta.

Edward disse, seco:

– Uma pessoa não poderia colocar barras de ouro numa gaveta secreta.

– Não, claro que não. Mas não vejo razão alguma para acreditar que o dinheiro está em barras de ouro.

– Ele sempre dizia que...

– Da mesma forma que meu tio Henry falava sobre seu cofre! Portanto, tenho grandes suspeitas de que isso era apenas uma armadilha. Diamantes, isso sim, poderiam estar numa gaveta secreta sem dificuldade.

– Mas olhamos dentro de todas as gavetas. Chamamos um marceneiro para examinar a mobília.

– Vocês fizeram isso, querida? Foi inteligente da sua parte. Diria que a mesa usada por seu tio seria a mais provável. É a escrivaninha alta junto àquela parede?

– É. Vou mostrá-la à senhora.

Charmian foi em direção à escrivaninha. Ela retirou o tampo de cima. Dentro, havia escaninhos e gavetas pequenas. Abriu a portinha do centro e acionou uma alavanca dentro da gaveta à esquerda. O fundo do esconderijo central deu um estalo e escorregou para frente. Charmian puxou-o, revelando um compartimento raso, na parte de baixo. Estava vazio.

– Me diga, isso não é uma coincidência? – disse Miss Marple com entusiasmo. – Tio Henry possuía uma mesa igualzinha a esta. A única diferença é que a dele era feita de nogueira e esta é de mogno.

– Seja como for – disse Charmian –, não há nada aqui, como pode ver.

– Suspeito que – disse Miss Marple – o marceneiro era jovem. Ele não sabia tudo. As pessoas eram muito habilidosas quando faziam esconderijos naquele tempo. Havia algo como um esconderijo dentro de outro.

Ela extraiu um grampo do seu coque grisalho bem amarrado. Após desentortá-lo, inseriu a ponta dentro do que aparentava ser um buraquinho de cupim em um dos lados do esconderijo secreto. Com um pouco de dificuldade, puxou uma gaveta pequena. Nela havia um monte de cartas desbotadas e um papel dobrado.

Edward e Charmian lançaram-se ao mesmo tempo sobre o achado. Com dedos trêmulos, Edward desdobrou o papel. Ele soltou o documento com uma exclamação de raiva.

– Uma droga de receita culinária. Pernil assado!

Charmian estava desatando a fita que prendia as cartas. Retirou uma e deu uma olhada.

– Cartas de amor!

Miss Marple reagiu com prazer comedido.

– Que interessante! Talvez o motivo pelo qual seu tio nunca tenha se casado.

Charmian leu em voz alta:

– "Meu sempre querido Mathew, devo confessar que parece ter passado muito tempo desde que recebi sua última carta. Tentei ocupar-me com diversas tarefas a mim atribuídas, e muitas vezes disse para mim mesma que eu era sem dúvida muito sortuda por conhecer tanto do mundo, embora pouco tenha pensado quando fui à América que terminei viajando para estas ilhas distantes!"

Charmian parou no meio.

– De onde é a carta? Ah! Do Havaí!

Ela continuou:

– "Deus do céu, estes nativos continuam longe de ver a luz. Estão em um estado selvagem, não usam roupas e passam a maior parte do tempo nadando, dançando e enfeitando-se com coroas de flores. O sr. Gray conseguiu converter alguns, mas é um trabalho árduo, e ele e a sra. Gray sentem-se bastante desestimulados. Tento fazer tudo que posso para animá-lo e incentivá--lo, mas eu também me sinto triste a maior parte do tempo, pela razão que você pode imaginar, querido Mathew. Meu Deus, a ausência é uma prova dura para um coração apaixonado. Seus sentimentos e reiteradas declarações de amor alegram-me demais. Agora e sempre meu coração leal e devotado é seu, querido Mathew, e eu lhe espero. Com amor, Betty Martin. Obs.: Envio esta carta disfarçada para nossa amiga comum, Matilda Graves, como sempre. Espero que os céus perdoem este pretexto."

Edward assobiou.

– Uma missionária! Então era essa a história de amor do tio Mathew. Me pergunto por que eles nunca se casaram.

– Ela parece ter viajado pelo mundo todo – disse Charmian, conferindo as cartas. – Ilhas Maurício... toda sorte de lugar. Deve ter morrido de febre amarela ou algo do tipo.

Uma risadinha chamou a atenção deles. Miss Marple parecia muito entretida.

– Ora, ora – ela disse. – Olhe só para isto!

Ela estava lendo a receita de pernil assado. Ao perceber os olhares curiosos dos demais, leu em voz alta:

– "Pernil assado com espinafre. Pegue um bom pedaço de pernil, recheie com cravos e cubra com açúcar mascavo. Asse no forno em baixa temperatura. Sirva com uma borda de purê de espinafre." O que acha disso agora?

– Acho que soa intragável – respondeu Edward.

– Não, não, poderia ficar muito bom, mas o que você acha da *coisa toda*?

Um súbito raio de luz iluminou o rosto de Edward.

– A senhora acha que é um código, algum tipo de criptograma?

Ele se levantou.

– Dá uma olhada aqui, Charmian. Pode ser, sabia! Não haveria outra razão de colocar uma receita culinária numa gaveta secreta.

– Isso mesmo – concordou Miss Marple. – Muito sugestivo, muito.

Charmian falou:

– Sei o que pode ser, uma tinta invisível! Vamos aquecê-la. Ligue o fogo elétrico.

Edward seguiu as ordens, mas nenhuma caligrafia apareceu ao aquecer o papel.

Miss Marple anunciou:

– Sabe, acho, de verdade, que vocês estão dificultando *demais* as coisas. A receita é apenas uma indicação, digamos assim. São as cartas, creio eu, o mais importante.

– As cartas?

– Acima de tudo – destacou Miss Marple – a assinatura.

No entanto, Edward mal a ouviu. Ele chamou, animado:

– Charmian! Venha aqui! Ela está certa. Veja, os envelopes são velhos, sem sombra de dúvida, mas as cartas em si foram escritas muito depois.

– É isso aí – Miss Marple anuiu.

– Elas apenas foram envelhecidas. Aposto qualquer coisa como foi o próprio tio Mathew que as falsificou...

– Com certeza – disse Miss Marple.

– A coisa toda é uma farsa. Nunca existiu uma missionária. Deve ser um código.

– Minhas queridíssimas crianças, não há necessidade alguma de tornar isso tão complicado. Seu tio era, de fato, um homem bastante simples. Ele tinha de fazer a piadinha dele, só isso.

Pela primeira vez eles deram total atenção a ela.

– O que exatamente a senhora quer dizer, Miss Marple? – Charmian perguntou.

– Quero dizer, querida, que você está, neste exato momento, segurando o dinheiro em suas mãos.

Charmian baixou os olhos.

– A assinatura, querida. Ela diz tudo. A receita é só uma indicação. Esqueça todos os cravos, o açúcar mascavo e companhia, o que é isso *de verdade*? O que é que pernil tem a ver com espinafre? *Pernil e espinafre*! É um absurdo! Então está claro que são as cartas que importam. Ainda mais se você levar em conta o que seu tio fez antes de morrer. Ele bateu de leve no olho, você disse. Bem, aí está, isso te dá a pista, entende.

Charmian falou:

– Nós estamos loucos ou é a senhora que está?

– Minha querida, com certeza você já deve ter ouvido a expressão que diz que alguma coisa é um absurdo completo, ou ela não é mais usada? "Isto não tem pé nem cabeça."

Edward suspirou, seus olhos mirando a carta em suas mãos.

– Betty Martin...

– Claro, sr. Rossiter. Como você acabou de dizer, não existe, nunca existiu tal pessoa. As cartas foram escritas pelo tio de vocês, e ouso dizer que ele se divertiu muito ao escrevê-las! Como você disse, a escrita nos envelopes é mais antiga... de fato, os envelopes não poderiam pertencer às cartas, mesmo porque o selo postal dessa que você está segurando é de 1851.

Ela fez uma pausa. Disse colocando bastante ênfase:

– 1851. Isso explica tudo, não é?

– Não para mim – admitiu Edward.

– Bem, claro – disse Miss Marple. – Creio que isso não me diria nada, não fosse pelo meu sobrinho-neto Lionel. Um rapazinho tão querido e um apaixonado colecionador de selos. Sabe tudo sobre selos. Foi ele quem me contou sobre os selos raros e custosos, e que um novo achado extraordinário havia surgido para leilão. Me recordo com clareza de ele ter mencionado um selo, o de 1851, o primeiro selo do Havaí. Acho que ele estimou algo como 25 mil dólares. Imagine! Acredito que os outros selos também sejam raros e de preço elevado. Sem dúvida seu tio comprou-os de negociantes e foi cuidadoso para "não deixar rastros", como se diz nas histórias de detetive.

Edward resmungou. Sentou-se e afundou o rosto nas próprias mãos.

– Qual é o problema? – quis saber Charmian.

– Nada. Foi só o pensamento terrível de que, não fosse por Miss Marple, teríamos queimado estas cartas sem pensar duas vezes!

– Ah – disse Miss Marple – é justamente isso o que esses velhos cavalheiros, fãs de suas piadas, nunca se dão conta. O tio Henry, me lembro, enviou à sobrinha favorita uma nota de cinco libras como presente de Natal. Ele colocou a nota num cartão natalino, colou-a no cartão, e neste escreveu: “Paz e felicidade. Lamento que isso seja tudo o que posso mandar este ano”.

– Ela, pobre garota, aborrecida com o que pensou ter sido uma mesquinharia da parte dele, jogou o cartão direto na lareira. Depois, claro, ele teve de recompensá-la.

Os sentimentos de Edward em relação ao tio Henry sofreram uma mudança abrupta e completa.

– Miss Marple – disse –, vou pegar uma garrafa de champanhe. Vamos todos beber à saúde do seu tio Henry.

O caso da criada perfeita

I

– Ah, com sua licença, senhora, posso falar-lhe um momento?

Esse pedido poderia parecer de natureza absurda, uma vez que Edna, a criada de Miss Marple, já estava falando com sua patroa naquele momento.

Todavia, reconhecendo o modo de falar peculiar, Miss Marple disse de imediato:

– Claro, Edna, entre e feche a porta. O que foi?

Edna entrou no cômodo e fechou a porta de modo obediente, segurou a ponta do avental com os dedos e engoliu em seco algumas vezes.

– Pois não, Edna? – disse Miss Marple, encorajando-a.

– Ah, sim, senhora, é a minha prima, Gladdie.

– Meu Deus! – exclamou Miss Marple, sua mente imaginando o pior e, Deus do céu, a conclusão mais óbvia. – Está... está em apuros?

Edna apressou-se em tranquilizá-la.

– Não, senhora, não é nada disso. Gladdie não é esse tipo de garota. É só que ela está chateada. Perdeu o emprego, sabe.

– Minha nossa, sinto muito. Ela estava em Old Hall, com a srta., as srtas. Skinner, não é?

– Sim, senhora, isso mesmo, senhora. E Gladdie está muito aborrecida com isso, muito aborrecida mesmo.

– Mas Gladys já mudou de emprego várias vezes antes, não?

– Ah, sim, senhora. Ela está sempre mudando, Gladdie é assim. Nunca parece se fixar num lugar pra valer, se entende o que quero dizer. Mas era sempre ela que pedia demissão, sabe.

– E dessa vez foi diferente? – Miss Marple perguntou.

– Foi, senhora, e isso deixou Gladdie muitíssimo chateada.

Miss Marple parecia um pouco surpresa. Sua lembrança de Gladys, que ia de vez em quando tomar um chá na cozinha nos seus "dias de folga", era de uma garota forte e risonha, com temperamento sempre estável.

Edna prosseguiu.

– Veja, senhora, foi o modo como tudo aconteceu; o modo como a srta. Skinner viu as coisas.

– Como – inquiriu Miss Marple de modo paciente – a srta. Skinner viu?

Nesse momento Edna deu início a seu boletim de notícias.

– Ah, senhora, foi um choque tão grande para Gladdie. Ouça, um dos broches da srta.

Emily havia sumido, e isso levantou um clamor por justiça como nunca foi visto, e claro que ninguém gosta quando algo assim acontece; é constrangedor, senhora, se é que me entende. Gladdie ajudou a procurar por todo lugar, e a srta. Lavinia ficava dizendo que ia à polícia dar queixa, e aí o broche reapareceu, metido no fundo de uma gaveta da penteadeira, e Gladdie ficou muito contente. Aí, logo no dia seguinte, um prato quebrou, o que é comum, e a srta. Lavinia... ela falou sem rodeios e deu a Gladdie um aviso prévio. Mas o que Gladdie percebeu foi que não poderia ter sido por causa do prato e que a srta. Lavinia havia apenas inventado uma desculpa, e o motivo deve ter sido o broche. Elas devem ter pensado que Gladdie pegou o broche e devolveu-o quando a polícia foi mencionada, mas Gladdie nunca faria isso, ela jamais o faria. Mas ela se deu conta de que essa história vai se espalhar, vai se virar contra ela e isso é uma coisa muito séria para uma garota, como sabe, senhora.

Miss Marple anuiu com um aceno de cabeça. Embora não tivesse ligação alguma com a forte e orgulhosa Gladys, tinha quase certeza da honestidade da garota, e podia imaginar muito bem que o incidente deve tê-la aborrecido.

Edna falou de modo ansioso:

– Será, senhora, que não há nada que se possa fazer a respeito? Gladdie está de um jeito...

– Diga a ela para não fazer bobagem – disse Miss Marple, taxativa. – Se ela não pegou o broche, e tenho certeza de que ela não pegou, então não tem motivo para ficar aborrecida.

– Essa história vai circular – lamentou Edna, triste.

Miss Marple decidiu:

– Eu... hum... eu vou aparecer por lá esta tarde. Vou ter uma conversa com as srtas. Skinner.

– Ah, obrigada, senhora – agradeceu Edna.

II

Old Hall era uma mansão antiga rodeada por árvores e gramados. Desde que ficou provado que a casa não podia ser alugada nem vendida, um empreendedor ousado dividiu-a em quatro apartamentos, com um sistema de aquecimento central, e os "jardins" deveriam ser de uso comum entre os moradores. A iniciativa deu certo. Uma velha senhora rica e excêntrica ocupava um apartamento junto com sua criada. A velha senhora tinha paixão por pássaros e todo dia entretinha um bando emplumado com farelos. Um juiz indiano aposentado e sua esposa alugavam o segundo apartamento. Um casal muito jovem, recém-casado, morava no terceiro. E o último apartamento havia sido ocupado há apenas dois meses por duas senhoritas de sobrenome Skinner. Os quatro grupos de moradores eram o mais distante possível um do outro, pois nada tinham em comum. Ouviu-se do proprietário que isso era algo excelente. O que ele temia eram amizades seguidas de desavenças e, por conseguinte, queixas no seu ouvido.

Miss Marple conhecia todos os moradores, embora não soubesse nada em particular sobre eles. A mais velha das senhoritas Skinner, srta. Lavinia, era o que se pode chamar de a parte trabalhadora da família. A srta. Emily, a mais nova, passava a maior parte do tempo na cama sofrendo de várias doenças que, na opinião de St. Mary Mead, eram em grande parte imaginárias. Apenas a srta. Lavinia acreditava piamente no martírio da irmã e na sua paciência com a moléstia, e logo se encarregava de tarefas, saía às pressas pela vila, para cima e para baixo, atrás de coisas que "minha irmã cismou de uma hora para outra".

Era a opinião de St. Mary Mead que se a srta. Emily sofresse metade do que dizia, teria sido examinada pelo dr. Haydock há muito tempo. No entanto, a srta. Emily, quando isso lhe era sugerido, piscava os olhos com ar de superioridade e segredava que seu caso não era simples (os melhores especialistas de Londres tinham ficado intrigados com o caso) e que um novo médico maravilhoso a tinha colocado sob o tratamento mais revolucionário, e que ela, de fato, acreditava que sua saúde melhoraria com isso. Nenhum clínico geral comum poderia jamais entender um caso como o dela.

– E essa é a minha opinião – disse a sincera srta. Hartnell –, ela é muito esperta por não se deixar examinar por ele. O querido dr. Haydock, com aquele seu jeito alegre, diria que não há nada de errado com ela e que deveria se levantar e deixar de manha! Isso faria muito bem a ela!

Todavia, na falta de um tratamento tão arbitrário, a srta. Emily continuava deitada no sofá, cercada com suas caixas de pequenos comprimidos, rejeitando quase tudo que preparavam para ela e pedindo por algo mais; na maior parte das vezes, algo inconveniente e difícil de conseguir.

III

A porta foi aberta para Miss Marple por "Gladdie", parecendo mais deprimida do que Miss Marple poderia ter imaginado. Na sala de estar (reduzida a um quarto da antiga sala de visitas, que tinha sido dividida em sala de jantar, sala de visitas, banheiro e dispensa), a srta. Lavinia levantou-se para cumprimentar Miss Marple.

Lavinia Skinner era uma mulher de cinquenta anos, alta, magra e ossuda. Tinha uma voz áspera e um jeito rude.

– Que bom lhe ver – disse. – Emily está descansando, está sentindo-se fraca hoje, pobre criatura. Esperava que ela fosse lhe ver, isso a deixaria animada, mas há momentos em que ela não sente vontade de ver ninguém. Pobre criatura, ela é muito paciente.

Miss Marple respondeu de forma educada. Os empregados eram o assunto principal das conversas em St. Mary Mead, portanto não houve dificuldade em conduzir o diálogo nessa direção. Miss Marple comentou que tinha ouvido que aquela boa garota, Gladys Holmes, estava deixando a casa.

A srta. Lavinia confirmou com um movimento de cabeça.

– Na próxima quarta. Andou quebrando umas coisas, sabe. Não podia continuar assim.

Miss Marple deu um suspiro e disse que todas nós temos que relevar algumas coisas nos dias de hoje. Era tão difícil trazer as garotas para o interior. A srta. Skinner achava mesmo que deixar Gladys partir era o melhor a fazer?

– Sei que é difícil conseguir empregados – admitiu a srta. Lavinia. – Os Devereux não conseguiram ninguém... mas, nesse caso, não me espanto... sempre discutindo, conversa fiada a noite toda... refeições a qualquer hora... aquela garota não sabe nada sobre como cuidar de uma casa. Tenho pena do marido dela! E depois, os Larkin acabaram de perder sua empregada. Claro, quem já viu a disposição daquele juiz indiano para o seu desejoso *chota hazri**, como

* Café da manhã. (N.T.)

ele diz, às seis da manhã, e a sra. Larkin sempre aborrecida. Isso também não me espanta. Janet, a criada da sra. Carmichael, é parte da casa, claro, embora na minha opinião ela seja uma das pessoas mais desagradáveis, e sem dúvida incomoda a velha senhora.

– Então não acha que deve reconsiderar sua decisão quanto a Gladys? Ela é mesmo uma boa garota. Conheço toda a família dela; pessoas excelentes e muito honestas.

A srta. Lavinia balançou a cabeça em sentido negativo.

– Tenho meus motivos – respondeu, parecendo importante.

Miss Marple murmurou:

– A senhora perdeu um broche, entendo...

– Ora, quem andou falando? Creio que tenha sido a garota. Sendo franca, tenho quase certeza de que ela o pegou. Depois ficou assustada e devolveu, mas claro, ninguém pode afirmar nada sem ter certeza.

Ela mudou de assunto.

– Venha ver Emily, Miss Marple. Tenho certeza que fará bem a ela.

Miss Marple seguiu de modo obediente a srta. Lavinia, até esta bater em uma porta e ter sua entrada autorizada, conduzindo sua visita para o melhor cômodo do apartamento, em que boa parte da iluminação estava bloqueada pelas cortinas parcialmente fechadas. A srta. Emily estava deitada na cama, aparentando aproveitar o escuro e seu próprio sofrimento indeterminado.

A luz fraca mostrou uma criatura franzina, de aparência indefinida, com cabelo amarelo-acinzentado, desarrumado e solto ao redor da cabeça, fazendo cachos; a coisa toda parecia um ninho de pássaros, do tipo que nenhuma ave de respeito teria orgulho. Havia um cheiro no quarto de água de colônia, biscoito envelhecido e cânfora.

Com olhos semicerrados e uma voz fraca e fina, Emily Skinner explicou que aquele era "um dos seus dias ruins".

– O pior de uma saúde debilitada é que – disse a srta. Emily em tom melancólico – a pessoa sabe o peso que é para todos que estão à sua volta. Lavinia é muito boa para mim. Lavvie, querida, eu detesto dar trabalho, mas se a minha garrafa de água quente puder ao menos ser cheia do jeito que eu gosto... muito cheia me aflige... mas se não for cheia o bastante, logo fica fria!

– Desculpe, querida. Me passe a garrafa. Vou esvaziá-la um pouco.

– Talvez, já que você vai fazer isso, poderia enchê-la outra vez. Acho que não tem torrada em casa... não, não importa. Pode ser outra coisa. Um chá fraco com uma rodela de limão... não tem limão? Não, de fato, não poderia beber chá sem limão. Acho que o leite estava um pouco coalhado hoje de manhã. Tomei aversão a leite no chá. Não importa. Posso deixar o chá de lado. Só que me sinto tão fraca. Dizem que ostras são nutritivas. Será que eu poderia comer umas? Não, não, é muito incômodo ir atrás disso a essa hora do dia. Posso esperar até amanhã.

Lavinia deixou o quarto murmurando algo incompreensível sobre ir de bicicleta até a vila.

A srta. Emily mostrou um sorriso débil à sua visita e comentou que odiava dar trabalho para qualquer pessoa.

Naquela noite, Miss Marple contou a Edna que receava que sua missão diplomática não tivesse obtido sucesso.

Ela ficou bastante preocupada ao saber que os rumores sobre a desonestidade de Gladys já haviam se espalhado pela vila.

No correio, a srta. Wetherby difamou a garota:

– Minha querida Jane, deram a ela uma referência escrita dizendo que era disposta, sensata e respeitável, mas nada disseram sobre sua honestidade. Isso me parece muito significativo! Soube que houve uma confusão com um broche. Sabe, acho que deve ter algo a ver com isso, porque nos dias de hoje não se deixa um empregado ir embora, a não ser que seja algo muito grave. Elas terão muita dificuldade para encontrar outra pessoa. Garotas simplesmente não vêm para Old Hall. Elas ficam agoniadas em ir para casa nos dias de folga. A senhora vai ver, as Skinner não vão encontrar outra pessoa, e aí, quem sabe, aquela irmã ultra-hipocondríaca vai ter que se levantar e fazer alguma coisa!

Qual não foi o espanto da vila quando soube que as srtas. Skinner tinham arranjado, por meio de uma agência, uma nova criada, que, conforme se dizia, era um modelo de perfeição.

– Tem uma referência de três anos e foi muito bem-recomendada. Ela prefere o interior e, para completar, pediu um salário menor do que o de Gladys. Acho mesmo que tivemos muita sorte.

– Bem, se é assim – disse Miss Marple, para quem esses detalhes foram contados pela srta. Lavinia no mercado de peixes. – Parece muito bom para ser verdade.

Logo se tornou opinião corrente em St. Mary Mead que o modelo de perfeição desistiria na última hora e não viria.

Todavia, as previsões não se confirmaram, e a vila pôde observar a joia doméstica, chamada Mary Higgins, passar pela vila no táxi de Reed em direção a Old Hall. Não havia como negar que a aparência dela era boa. Uma mulher de aspecto assaz respeitável, muito bem-vestida.

Na visita seguinte de Miss Marple a Old Hall, na ocasião do recrutamento de colaboradores para a feira da paróquia, Mary Higgins foi quem abriu a porta. Era, sem dúvida, uma criada com aparência superior, devia ter uns quarenta anos, tinha cabelos muito negros e rosto corado, uma figura robusta, vestida com uma roupa preta discreta, um avental branco e uma touca de rede – "quase o bom e antigo modelo de empregada", como Miss Marple diria depois, e com a apropriada voz respeitosa e baixa, bem diferente da voz anasalada e alta de Gladys.

A srta. Lavinia estava com a aparência bem menos angustiada do que de costume e, embora lamentasse não poder tomar conta de um estande devido à sua preocupação com a irmã, ofereceu uma boa contribuição em dinheiro e prometeu providenciar uma remessa de limpadores de caneta e meias para bebês.

Miss Marple comentou algo sobre a boa aparência da srta. Lavinia.

– Sinto, de verdade, que devo muito a Mary. Estou tão satisfeita por ter resolvido me livrar daquela outra garota. Mary é mesmo inestimável. Cozinha bem, serve divinamente e mantém nosso pequeno apartamento limpo de modo impecável... vira os colchões todos os dias. E é muito atenciosa com Emily!

Miss Marple logo perguntou sobre Emily.

– Ah, pobre criatura, tem estado muito indisposta nos últimos tempos. Não há nada que ela possa fazer, mas, sem dúvida, torna as coisas um pouco mais difíceis às vezes. Quer comer certas coisas e depois, quando estão prontas, diz que não pode comer no momento, e então, meia hora depois, quer comê-las de novo, e tudo tem que ser refeito. Claro, isso requer muito trabalho, mas graças a Deus Mary não parece se importar nem um pouco. Diz que é acostumada a servir doentes e os compreende. É um alívio tão grande.

– Nossa! – exclamou Miss Marple. – A senhora é muito sortuda.

– É, sou mesmo. Sinto, de verdade, que Mary foi enviada para nós como uma resposta às orações.

– Ela me parece – disse Miss Marple – quase boa demais para ser verdade. Eu seria... bem, eu seria um pouco cautelosa se estivesse no seu lugar.

Lavinia Skinner não conseguiu compreender a insinuação presente no comentário e disse:

– Posso lhe assegurar que faço todo o possível para que ela fique satisfeita. Não sei o que faria se ela fosse embora.

– Não espero que ela vá deixá-la antes que esteja pronta para partir – disse Miss Marple, encarando a anfitriã de modo bem firme.

A srta. Lavinia falou:

– Se uma pessoa não precisa se preocupar com a casa, tira um peso tão grande das costas, não acha? Como sua criada Edna está se adaptando?

– Ela está indo bem. Nada demais, claro. Não é como a sua Mary. Mas sei tudo sobre Edna, porque ela é uma garota da vila.

Quando ela saiu da sala, ouviu a voz da doente falar de mau humor.

– Essa compressa foi esquecida até ficar quase seca... o dr. Allerton disse com clareza que a água precisa ser renovada. Vá, vá, leve-a. Quero uma xícara de chá e um ovo cozido... deixe o ovo no fogo por apenas três minutos e meio, lembre-se, e chame a srta. Lavinia para mim.

A eficiente Mary saiu do quarto e ao mesmo tempo em que dizia para Lavinia "a srta. Emily está lhe chamando, senhora", conduzia Miss Marple até a porta, ajudando-lhe a colocar o sobretudo e passando-lhe o guarda-chuva da forma mais impecável.

Miss Marple segurou o guarda-chuva, deixou-o cair, tentou pegá-lo, mas sua bolsa escorregou e abriu-se de repente. Mary, de modo educado, recolheu várias bugigangas: um lenço, uma agenda, uma carteira de couro de modelo antigo, dois xelins, três centavos e um pedaço de bala de menta colorida.

Miss Marple apanhou a última coisa com a expressão um tanto confusa.

– Ah, querida, deve ter sido o garotinho da sra. Clement. Ele estava chupando uma, me lembro, e pegou minha bolsa para brincar. Deve ter colocado a bala aí dentro. Gruda em tudo, não é?

– Quer que eu a descarte, senhora?

– Oh, você o faria? Muito obrigada!

Mary abaixou-se para pegar o último item, um espelhinho. Ao ser devolvido, Miss Marple exclamou com veemência:

– Nossa, que sorte a minha de ele não ter se quebrado!

Em seguida ela foi embora, enquanto Mary, de modo cortês, permanecia em pé na porta segurando um pedaço de bala colorida com o rosto sem expressão alguma.

IV

Por não mais do que dez dias St. Mary Mead teve de aturar a ladainha sobre as qualidades do achado das srtas. Lavinia e Emily.

No décimo primeiro dia, a vila despertou para uma grande surpresa.

Mary, o modelo de perfeição, estava sumida! Ninguém havia dormido na cama dela e a porta da frente foi encontrada entreaberta. Ela fugiu no meio da noite, sem chamar atenção.

E não era só Mary que estava sumida! Dois broches e cinco anéis da srta. Lavinia, além de três anéis, um pingente, um bracelete e quatro broches da srta. Emily também tinham desaparecido!

Foi o começo de uma série de catástrofes.

A jovem sra. Devereux tinha perdido os diamantes que guardava numa gaveta destrancada, e também umas peles valiosas que havia ganhado de presente de casamento. O juiz e sua esposa também tiveram umas joias perdidas e certa quantia de dinheiro. A sra. Carmichael foi quem mais sofreu. Haviam levado não apenas algumas joias muito caras, mas também uma enorme quantia de dinheiro que ela mantinha no apartamento. Tinha sido a noite de folga de Janet, e sua patroa tinha o hábito de caminhar pelos jardins ao anoitecer, chamando os passarinhos e espalhando migalhas de pão. Parecia claro que Mary, a criada perfeita, tinha tido as chaves para entrar em todos os apartamentos!

É preciso dizer que, em certa medida, houve um prazer mórbido em St. Mary Mead. A srta. Lavinia gabava-se tanto da sua maravilhosa Mary.

– E todo esse tempo, meu Deus, apenas uma ladra comum!

Seguiram-se revelações interessantes. Não apenas Mary havia desaparecido do nada, como também a agência que a indicou e apresentou suas referências estava chocada ao descobrir que a Mary Higgins que havia se inscrito lá e cujas referências eles tinham tomado, para todos os efeitos, nunca existiu. Era o nome real de uma empregada que havia morado com a irmã real de um deão, mas a verdadeira Mary Higgins estava em algum lugar de Cornwall, morando em paz.

– Muito bem tramada, a coisa toda – o inspetor Slack foi obrigado a admitir. – E, se alguém me perguntar, aquela mulher não trabalha sozinha. Um ano atrás houve um caso muito parecido em Northumberland. Os objetos nunca foram localizados e nunca pegaram a criatura.

De todo jeito, vamos fazer melhor que isso em Much Benham!

O inspetor Slack era sempre confiante.

No entanto, as semanas passavam e Mary Higgins continuava livre e triunfante. Em vão, o inspetor Slack* redobrava a energia, negando a ideia equivocada que seu nome poderia sugerir.

A srta. Lavinia seguia chorosa. A srta. Emily ficou tão desapontada e sentiu-se tão assustada com sua situação que terminou sendo enviada para o dr. Haydock.

Toda a vila estava ansiosíssima para saber o que ele pensava sobre as queixas da srta. Emily referente à sua saúde comprometida, mas, claro, ninguém poderia perguntar a ele. Contudo, para satisfação de todos, informações sobre o tema vieram à tona através do sr. Meek, o assistente do farmacêutico, que estava saindo com Clara, a criada da sra. Price-Ridley. Assim, ficaram sabendo que o dr. Haydock havia prescrito uma combinação de assa-fétida e valeriana que, de acordo com o sr. Meek, era o remédio principal daqueles que se fingiam de doentes no exército!

Logo depois soube-se que a srta. Emily, não satisfeita com a atenção médica que havia tido, declarou que devido ao seu estado de saúde, sentia-se na obrigação de estar perto de

---

* *Slack*: desleixado, negligente. (N.T.)

um especialista em Londres que compreendia seu caso. Era, ela disse, mais do que justo para Lavinia.

O apartamento foi colocado para sublocação.

V

Poucos dias depois, Miss Marple, bastante emocionada e atrapalhada, foi até a delegacia de Much Benham e perguntou pelo inspetor Slack.

O inspetor Slack não gostava de Miss Marple. No entanto, sabia que o chefe de polícia, coronel Melchett, não tinha a mesma opinião. Por isso, apesar da má vontade, ele a recebeu.

– Boa tarde, Miss Marple, em que posso ajudá-la?

– Oh, Deus – disse Miss Marple –, receio que o senhor esteja ocupado.

– Muito trabalho a ser feito – respondeu o inspetor Slack –, mas posso parar por uns minutos.

– Ah, Senhor – disse Miss Marple. – Espero que eu consiga dizer o que quero de forma apropriada. Sabe, é tão difícil se explicar, não acha? Não, talvez o senhor não ache. Mas veja, não fui educada no estilo moderno... tive apenas um professor que ensinava as datas dos reis da Inglaterra e conhecimentos gerais, sabe. Dr. Brewer, três tipos de moléstias do trigo... mangra, míldio e... qual era a terceira... carvão?

– A senhora gostaria de falar sobre o carvão? – perguntou o inspetor Slack e em seguida enrubesceu.

– Ah, não, não – Miss Marple logo negou qualquer desejo de falar sobre o carvão. – Apenas um exemplo, entendeu? Como as bússolas são feitas e tudo mais. Argumentativo, sabe, mas não ensina a pessoa a manter o foco no assunto. E é isso o que quero fazer. É sobre a criada da srta. Skinner, Gladys, sabe.

– Mary Higgins – rebateu o inspetor Slack.

– Ah, sim, a segunda criada. Mas eu me refiro a Gladys Holmes... uma garota bastante insolente e muito cheia de si, mas de fato muito honesta, e é muito importante que isso seja reconhecido.

– Até onde eu sei não há acusação alguma contra ela – disse o inspetor.

– Não, sei que não existe uma acusação, mas isso torna tudo ainda pior. Porque, veja, as pessoas começam a pensar coisas. Ah, meu Deus... sei que explicarei tudo de modo confuso. O que quero mesmo dizer é que o mais importante é encontrar Mary Higgins.

– Com certeza – concordou o inspetor Slack. – Tem alguma ideia sobre isso?

– Bem, na verdade, tenho – admitiu Miss Marple. – Posso perguntar-lhe uma coisa? Impressões digitais têm alguma utilidade para o senhor?

– Ah – disse o inspetor Slack –, nesse ponto ela nos pareceu bastante hábil. Fez a maior parte do trabalho com luvas de borracha ou de cozinha, parece. E foi cuidadosa... limpou tudo no quarto dela e na pia. Não foi encontrada nenhuma impressão digital no lugar!

– Se o senhor tivesse as impressões digitais, ajudaria?

– É provável, senhora. Ficariam sabendo na Yard. Este não é o primeiro trabalho dela, posso afirmar!

Miss Marple concordou com um aceno de cabeça, satisfeita. Abriu a bolsa e retirou uma pequena caixa de papelão. Dentro da caixa, envolvido em lã de algodão, estava um espelhinho.

– Da minha bolsa – disse Miss Marple. – As impressões da criada estão nele. Acho que devem ser suficientes... ela havia tocado numa substância bastante grudenta no momento anterior.

O inspetor Slack arregalou os olhos:

– A senhora pegou as impressões digitais dela de propósito?

– Claro.

– Então a senhora suspeitava dela?

– Bem, sabe, me intrigava que ela fosse um tanto boa demais para ser verdade. Fiz um comentário desse tipo para a srta. Lavinia. Mas ela simplesmente não entendeu a indireta! Acho, sabe, inspetor, que não acredito em modelos de perfeição. Muitos de nós temos nossos defeitos...

e eles se revelam, sem demora, nos serviços domésticos!

– Bem – disse o inspetor Slack, recuperando-se do susto –, sou grato à senhora, com certeza. Enviaremos isto a Yard e veremos o que eles têm a dizer.

Ele parou. Miss Marple tinha posicionado a cabeça um pouco para o lado e estava observando-o de um modo bastante expressivo.

– O senhor não consideraria, inspetor, observar a casa um pouco mais de perto?

– O que a senhora quer dizer, Miss Marple?

– É muito difícil de explicar, mas quando a gente se depara com uma coisa peculiar, consegue perceber. Embora, muitas vezes, coisas peculiares possam ser meros detalhes. Senti isso o tempo todo, sabe; digo em relação a Gladys e o broche. Ela é uma garota honesta; não pegou aquele broche. Então por que a srta. Skinner achou que ela tivesse pegado? A srta. Skinner não é boba; muito pelo contrário! Por que ela estava tão ansiosa para deixar uma garota, que era uma boa criada, ir embora, sendo que é muito difícil arranjar empregados? Isso é algo peculiar, entende. Então fiquei intrigada. Fiquei muito intrigada. E observei outra coisa peculiar! A srta. Emily é hipocondríaca, mas ela é a única hipocondríaca que não foi examinada por um ou outro médico alguma vez. Hipocondríacos adoram médicos, mas a srta. Emily não!

– O que a senhora está sugerindo, Miss Marple?

– Bem, sabe, estou sugerindo que a srta. Lavinia e a srta. Emily são pessoas peculiares. A srta. Emily passa quase o tempo todo num quarto escuro. E se aquele cabelo dela não é uma peruca, eu... eu não me chamo Miss Marple! E o que tenho a dizer é isto... é perfeitamente possível para uma mulher magra, pálida, de cabelos acinzentados e chorosa ser igual a uma mulher rechonchuda, corada e de cabelos negros. E ninguém que eu conheça jamais viu a srta. Emily e Mary Higgins juntas ao mesmo tempo. Houve tempo suficiente para tirar cópias de todas as chaves, tempo suficiente para descobrir tudo sobre os outros moradores e, por fim, para livrar-se da criada local. Certa noite a srta. Emily fez um rápido passeio pela cidade e chegou na estação como Mary Higgins no dia seguinte. E depois, no momento certo, Mary Higgins desapareceu e começaram as buscas. Vou lhe dizer onde o senhor vai encontrá-la, inspetor. No sofá da srta. Emily Skinner! Pegue as impressões digitais dela, se o senhor não acredita em mim, e vai descobrir que estou certa! Uma dupla de ladras esperta, é isso o que as Skinner são! E não resta dúvida de que estão mancomunadas com um esperto receptador ou uma quadrilha ou seja lá o nome que tiver. Mas não vão escapar com a mercadoria desta vez! Não vou deixar que a honestidade de uma das nossas garotas da vila seja comprometida dessa forma! Gladys Holmes é tão honesta quanto possível, e todos vão saber disso! Boa tarde!

Miss Marple andou a passos largos antes que o inspetor Slack se recuperasse.

– Caramba! – murmurou. – Será que ela está certa?

Logo ele descobriu que Miss Marple tinha razão mais uma vez.

O coronel Melchett cumprimentou Slack pela eficiência, e Miss Marple recebeu Gladys para um chá com Edna e falou com ela sobre estabelecer-se de verdade quando conseguisse um bom emprego.

A extravagância de Greenshaw

I

Os dois homens viraram a esquina de arbustos.

– Bem, aqui está – disse Raymond West. – É isso.

Horace Bindler respirou fundo, apreciando.

– Nossa – falou –, que maravilha!

A voz dele elevou-se num tom alto de deleite estético, e em seguida intensificou-se em admiração reverente.

– É inacreditável! De outro mundo! Uma obra histórica das melhores.

– Sabia que você ia gostar – disse Raymond West, de modo complacente.

– Gostar? Meu querido...

Faltaram palavras para Horace. Desatou a tira da sua câmera e manteve-se ocupado.

– Essa será uma das preciosidades da minha coleção – disse, alegre. – Acho, de verdade, que é muito mais divertido ter uma coleção de excentricidades, concorda? A ideia me surgiu certa noite, há sete anos, durante o banho. Minha última preciosidade real foi no Campo Santo de

Gênova, mas acredito de fato que essa aqui bate aquela. Como se chama?

– Não tenho a menor ideia – respondeu Raymond.

– Suponho que tenha um nome, não?

– Deve ter. Mas o fato é que nunca foi referida por aqui como outra coisa além de a extravagância de Greenshaw.

– Greenshaw foi o homem que a construiu?

– Foi. Em 1860 ou 1870, por aí. O grande acontecimento local da época. Um garoto sem nada que construiu uma enorme fortuna. A opinião local divide-se quanto ao motivo que o levou a construir essa casa, se foi para mostrar a opulência da riqueza ou para impressionar seus credores. No segundo caso não os impressionou. Ele foi à falência do mesmo jeito, ou quase isso. Daí o nome, a extravagância de Greenshaw.

A câmera de Horace disparou.

– Aqui está – disse com uma voz satisfeita. – Me lembre de lhe mostrar a número 310 da minha coleção. Uma inacreditável cornija de mármore em estilo italiano.

Acrescentou, olhando para a casa:

– Não consigo imaginar como o sr. Greenshaw concebeu tudo isso.

– Bastante óbvio em certos aspectos – observou Raymond. – Ele visitou os castelos do Loire, não acha? Aquelas torres pequenas e arredondadas. E também parece ter viajado pelo oriente.

A influência do Taj Mahal é evidente. Prefiro o anexo mourisco – acrescentou – e os traços de um palácio veneziano.

– As pessoas devem se perguntar como ele conseguiu um arquiteto para executar essas ideias.

Raymond encolheu os ombros.

– Suponho que não teve dificuldade quanto a isso – rebateu. – É muito provável que o arquiteto tenha se aposentado com uma boa quantia para o resto da vida enquanto o pobre velho Greenshaw ia à falência.

– Podemos observá-la pelo outro lado? – perguntou Horace. – Ou estaríamos invadindo a propriedade?

– Já estamos invadindo – respondeu Raymond –, mas não acho que isso tenha importância.

Ele virou-se em direção à esquina da casa, e Horace foi atrás dele.

– Mas o que é essa casa, meu querido? Uma hospedaria, um orfanato? Não pode ser uma escola. Não há quadras de jogos nem capacidade suficiente.

– Ah, ainda há uma Greenshaw morando aqui – disse Raymond, olhando para trás. – A casa em si não foi à falência. O filho do velho Greenshaw a herdou. Ele era um tanto sovina e morou aqui, num canto da casa. Nunca gastou um centavo. É provável que nunca tenha tido um centavo para gastar. A filha dele mora aqui agora. Uma velha bastante excêntrica.

Enquanto falava, Raymond vangloriava-se por ter pensado na extravagância de Greenshaw como uma forma de entreter seu hóspede. Esses críticos literários sempre revelam o desejo de um fim de semana no interior, mas quando conseguem ir costumam achá-lo muito tedioso. Amanhã teriam os jornais de domingo, e por hoje Raymond West estava satisfeito com a sugestão de um programa que enriqueceria a tão conhecida coleção de excentricidades de Horace Bindler.

Contornaram a esquina da casa e saíram num gramado mal cuidado. Em um dos cantos havia um jardim artificial de pedras e plantas, e curvada sobre ele havia uma figura que, ao avistá-la, Horace agarrou encantado o braço de Raymond.

– Meu querido! – exclamou. – Vê o que ela está usando? Um vestido estampado com enfeites de ramos. Igual ao de uma criada de quarto, na época em que havia criadas de quarto. Uma de minhas lembranças mais queridas é de uma casa no interior, quando eu não era mais que um garoto, e uma criada de quarto de verdade vinha lhe acordar de manhã, toda enfeitada com um vestido estampado e uma touca de rede. Sim, meu caro, sem dúvida, uma touca de rede. De musselina e com fitas. Não, talvez fosse a copeira que tivesse as fitas. Mas, de todo jeito, era uma criada de quarto de verdade e ela me trazia uma enorme vasilha de metal com água quente. Que dia formidável estamos tendo!

A figura de vestido estampado levantou-se e foi em direção a eles, com a espátula na mão. Sem dúvida era uma figura surpreendente. Cachos desgrenhados de cabelo grisalho caíam ao acaso em seus ombros, um chapéu de palha muito semelhante ao usado pelos cavalos na Itália estava enfiado em sua cabeça. O vestido estampado colorido que vestia estendia-se até os tornozelos. Protegido do sol, um rosto um pouco sujo com olhos atentos examinava-os com cuidado.

– Devo me desculpar pela invasão, srta. Greenshaw – disse Raymond West, enquanto avançava em direção a ela –, mas o sr. Horace Bindler, que me acompanha...

Horace curvou-se e tirou o chapéu.

– ... é muito interessado em... hum... história antiga e... hum... belas construções.

Raymond West falou com a facilidade de um autor reconhecido que sabe que é uma celebridade e que pode aventurar-se em situações que outras pessoas não podem.

A srta. Greenshaw direcionou o olhar para a enorme exuberância atrás dela.

– *É* uma bela casa – disse, apreciando. – Meu avô a construiu, quando eu ainda nem era viva, claro. Contam que ele falou que pretendia surpreender os nativos.

– Diria que ele conseguiu, senhora – disse Horace Bindler.

– O sr. Bindler é um crítico literário de renome – informou Raymond West.

Ficou claro que a srta. Greenshaw não tinha veneração alguma por críticos literários. Ela permaneceu indiferente.

– Considero-a – disse a srta. Greenshaw referindo-se à casa – um monumento à genialidade de meu avô. Uns idiotas tolos vêm aqui e me perguntam por que não vendo a casa e vou morar num apartamento. O que *eu* faria num apartamento? É minha casa e moro nela – disse a srta. Greenshaw. – Sempre morei aqui – refletiu, pensando sobre o passado. – Havia três de nós. Laura casou-se com o pároco auxiliar. Papai não lhe deu dinheiro algum, dizia que os clérigos não deviam ser apegados às coisas mundanas. Ela morreu ao dar à luz. O bebê também não sobreviveu. Nettie fugiu com o professor de equitação. Papai tirou-a do seu testamento, claro. Um sujeito bonito, Harry Fletcher, mas ruim. Não acho que Nettie tenha sido feliz com ele. De todo jeito, ela não viveu muito. Tiveram um filho. Ele me escreve às vezes, mas claro que não é um Greenshaw. *Eu* sou a última Greenshaw.

Ergueu os ombros curvados com certo orgulho e endireitou a aba desfeita do chapéu de palha. Em seguida, virando-se, disse atenta:

– Sim, sra. Cresswell, o que é?

Saindo da casa e aproximando-se deles surgiu uma figura que, vista lado a lado com a srta. Greenshaw, parecia diferente em todos os aspectos. A sra. Cresswell tinha os cabelos penteados de forma impecável, levantados para cima com elegância, enrolados de forma meticulosa em cachos. Era como se tivesse arrumado o cabelo para ir a uma festa de gala tal qual uma marquesa da França. De resto, a figura de meia-idade vestia algo parecido a uma seda preta macia, mas era na verdade uma variedade brilhante de seda artificial. Embora não fosse gorda, tinha o busto farto e proeminente. Quando falou, de súbito sua voz ecoou grave. Falava com uma dicção diferente. Uma leve hesitação ao pronunciar palavras iniciadas com "s" ou que tivessem o som de "s" no meio delas levantava a suspeita de que em algum período remoto da sua juventude devia ter tido problemas com esse fonema.

– O peixe, senhora – disse a sra. Cresswell –, as postas de bacalhau. Não vieram. Pedi a Alfred para buscá-las, mas ele se recusa a fazer isso.

Sem que ninguém esperasse, a srta. Greenshaw deu uma gargalhada.

– Ele se recusa, é?

– Senhora, Alfred tem sido muito desobediente.

De repente, a srta. Greenshaw levantou dois dedos sujos de terra até os lábios, emitiu um assobio estridente e logo depois berrou:

– Alfred. Alfred, venha aqui.

Virando a esquina da casa, um jovem apareceu em resposta à chamada, carregando uma pá na mão.

Tinha um rosto bonito e valente. Ao se aproximar, lançou um olhar claramente malévolo para a sra. Cresswell.

– A senhorita me chamou? – indagou.

– Sim, Alfred. Soube que você recusou-se a ir buscar o peixe. O que está acontecendo?

Alfred respondeu com uma voz aborrecida.

– Vou buscá-lo, se é isso que quer, senhorita. É só dizer.

– Pois eu quero. Quero peixe na minha janta.

– Como quiser, senhorita. Vou agora mesmo.

Dirigiu um olhar insolente para a sra. Cresswell, que enrubesceu e murmurou entre os dentes:

– Nossa! Insuportável!

– Agora, tenho que falar – disse a srta. Greenshaw –, uma dupla de visitantes desconhecidos é exatamente o que precisamos, não acha, sra. Cresswell?

A sra. Cresswell pareceu confusa.

– Como, senhora...

– Para você-sabe-o-quê – disse a srta. Greenshaw, balançando a cabeça de modo afirmativo. – Os beneficiários de um testamento não podem servir de testemunhas dele. Não é isso?

Ela voltou-se para Raymond West.

– Isso mesmo – confirmou Raymond.

– Conheço o bastante sobre leis para saber isso – disse a srta. Greenshaw. – E os senhores são homens de reputação.

Ela jogou a espátula na cesta.

– Gostariam de vir até a biblioteca comigo?

– Adoraríamos – respondeu Horace, ansioso.

Fizeram o caminho passando pelas janelas francesas e por uma ampla sala de visitas amarelo-dourada, com brocados desbotados nas paredes e uma camada de poeira cobrindo os móveis. Depois passaram por um grande corredor escuro, subiram as escadas e entraram num cômodo, no primeiro andar.

– A biblioteca do meu avô – anunciou.

Horace olhou em volta da biblioteca com um prazer enorme.

Do ponto de vista dele, era um cômodo repleto de excentricidades. Cabeças de esfinges surgiam nas mais improváveis partes dos móveis, havia uma estátua de bronze colossal, que representava, deduziu, Paulo e Virgínia, e um relógio de bronze enorme com adornos clássicos dos quais ele desejava tirar fotos.

– Uma boa coleção de livros – disse a srta. Greenshaw.

Raymond já estava conferindo os livros. De acordo com o que pôde observar após uma olhada rápida, não havia livro algum ali de interesse particular ou, de fato, nenhum livro que parecesse ter sido lido. Todos faziam parte de coleções dos clássicos, encadernadas com elegância, fornecidas noventa anos atrás para suprir a biblioteca de um cavalheiro. Alguns romances antigos estavam incluídos. No entanto, também apresentavam poucos sinais de terem sido lidos.

A srta. Greenshaw estava remexendo as gavetas de uma mesa comprida. Por fim, retirou um pergaminho.

– Meu testamento – esclareceu. – Tenho que deixar o dinheiro para alguém... ou é o que dizem. Se eu morrer sem um testamento, suponho que o filho de um negociante de cavalos irá tomá-lo. Um sujeito bonito, Harry Fletcher, mas um malandro da pior espécie. Não vejo por que o filho *dele* deveria herdar este lugar. Não – continuou, como se respondesse a uma suposta objeção –, já decidi. Vou deixá-lo para Cresswell.

– Para sua governanta?

– Sim. Já expliquei a ela. Fiz um testamento deixando-lhe tudo que tenho, e então não preciso pagar-lhe salário. Economizo bastante com as despesas correntes e a mantenho dentro da linha.

Ela não me dá trabalho, nem fica passeando a qualquer hora. Ela é bastante esnobe, não é? Mas o pai dela era um encanador bem simples. *Ela* não é ninguém para querer se gabar.

Nesse instante ela abriu o pergaminho. Pegando uma caneta, mergulhou-a no tinteiro e assinou, Katherine Dorothy Greenshaw.

– Aqui está – disse. – Os senhores me viram assiná-lo, e agora os dois assinam e isso faz dele um documento legal.

Ela passou a caneta para Raymond West. Ele hesitou por um momento, sentindo uma repulsa inesperada pelo que haviam lhe pedido para fazer. Em seguida rabiscou com pressa a assinatura bem conhecida, para qual seu correio matinal costumava trazer pelo menos seis correspondências diárias.

Horace pegou a caneta da mão de Raymond e acrescentou sua assinatura diminuta.

– Está feito – disse a srta. Greenshaw.

Foi em direção à estante e permaneceu olhando para eles de modo vago. Depois abriu uma porta de vidro, pegou um livro e enfiou nele o pergaminho dobrado.

– Tenho meus próprios lugares para guardar as coisas – disse.

– *O segredo de Lady Audley* – observou Raymond West, vendo de relance o título enquanto o livro era guardado.

A srta. Greenshaw deu mais uma gargalhada.

– Um sucesso de vendas no seu tempo – comentou. – Diferente dos seus livros, hein?

Deu uma cutucada amigável e repentina nas costelas de Raymond. Ele ficou muito surpreso por ela ao menos saber que ele escrevia livros. Embora Raymond West fosse um tanto conhecido na literatura, não poderia ser considerado um sucesso de vendas. Ainda que suavizado um pouco pelo advento da meia-idade, seus livros lidavam de modo frio com o lado torpe da vida.

– Poderia – Horace pediu sem fôlego – apenas tirar uma foto do relógio?

– Com certeza – anuiu a srta. Greenshaw. – Acredito que ele veio de uma exposição em Paris.

– É muito provável – concordou Horace.

Ele tirou a foto.

– Esta biblioteca não tem sido muito utilizada desde o tempo do meu avô – informou a srta. Greenshaw. – Essa mesa é cheia de antigos diários dele. Interessante, acredito. Não tive vistas para lê-los. Gostaria de publicá-los, mas suponho que alguém teria que trabalhar bastante neles.

– Poderia encarregar alguém para fazer isso – sugeriu Raymond West.

– Poderia mesmo. É uma ideia, sabe. Vou pensar sobre isso.

Raymond West deu uma olhada para o relógio.

– Não vamos tomar mais o seu tempo – disse.

– Foi um prazer vê-los – disse a srta. Greenshaw de forma cordial. – Pensei que fosse um policial quando o vi contornando a esquina da casa.

– Por que um policial? – indagou Horace, que nunca se importava em fazer perguntas.

A srta. Greenshaw respondeu de modo inesperado.

– Se quer saber as horas, pergunte a um policial – brincou, e cutucou as costelas de Horace e deu uma gargalhada sonora.

– Foi uma tarde maravilhosa – suspirou Horace enquanto voltavam para casa. – Realmente aquele lugar tem de tudo. A única coisa que a biblioteca precisa é de um corpo. Aquelas velhas histórias de detetive sobre assassinato na biblioteca... tenho certeza de que é justo esse tipo de biblioteca que os autores têm em mente.

– Se quer discutir sobre assassinato – disse Raymond –, deve conversar com minha tia Jane.

– Sua tia Jane? Você quer dizer Miss Marple?

Ele sentiu-se um pouco perdido.

A velha senhora encantadora à qual havia sido apresentado na noite anterior parecia ser a última pessoa que cogitaria em relação a assassinatos.

– Isso mesmo – respondeu Raymond. – Assassinato é uma especialidade dela.

– Mas meu querido, que coisa intrigante! O que quer dizer exatamente?

– Quis dizer apenas o seguinte – anunciou Raymond e parafraseou: – Certos tipos cometem homicídio, alguns se envolvem em assassinatos e outros têm os crimes confiados a eles. Minha tia Jane entra no terceiro grupo.

– Você está brincando.

– Nem um pouco. Posso colocá-lo em contato com o antigo comissário da Scotland Yard, com vários chefes de polícia e alguns inspetores diligentes do Departamento de Investigação Criminal da Yard.

Horace disse, animado, que milagres sempre acontecem. À mesa do chá, eles apresentaram a Joan West, esposa de Raymond, a Lou Oxley, sua sobrinha, e à velha Miss Marple, um resumo dos acontecimentos da tarde, recontando em detalhes tudo que a srta. Greenshaw havia lhes dito.

– Mas continuo achando – disse Horace – que tem algo *sinistro* nisso tudo. Aquela criatura com ar de duquesa, a governanta... talvez arsênico no chá, agora que ela sabe que a patroa fez um testamento em seu benefício?

– Diga-nos, tia Jane – pediu Raymond. – Vai haver assassinato ou não? O que a *senhora* acha?

– Acho – respondeu Miss Marple, torcendo sua lã com um ar bastante sério – que não se deve brincar com as coisas desse jeito, Raymond. Arsênico é, sem dúvida, uma *boa* possibilidade. Tão fácil de obter. É provável que já tenha um na casa de ferramentas, na forma de um herbicida.

– Acha mesmo, querida? – disse Joan West, afetuosa. – Não seria muito óbvio?

– Tudo muito apropriado para fazer um testamento – disse Raymond. – Não acredito mesmo que a pobre velha tenha alguma coisa para deixar, a não ser o tremendo elefante branco que é aquela casa. E quem ia querer aquilo?

– Uma companhia de cinema – sugeriu Horace –, ou um hotel ou uma instituição?

– Eles gostariam de comprar a casa a preço de banana – rebateu Raymond, mas Miss Marple estava balançando a cabeça em sentido negativo.

– Sabe, querido Raymond, não concordo com você nesse ponto. Quanto ao dinheiro, digo. O avô era, com certeza, um desses pródigos esbanjadores que fazem dinheiro de modo fácil, mas que não conseguem guardá-lo. Ele deve ter quebrado, como você disse, mas não deve ter ido à falência, caso contrário seu filho não teria herdado a casa. Quanto ao filho, como de costume tinha uma personalidade bem diferente da do pai. Um sovina. Um homem que economizava cada centavo. Diria que ao longo da sua vida é provável que tenha juntado uma boa quantia. Essa srta. Greenshaw parece ter puxado a ele, pois não gosta de gastar dinheiro, sem dúvida. Sim, acho que é muito provável que ela tenha uma boa quantia guardada.

– Nesse caso – disse Joan West –, gostaria de saber... que tal a Lou?

Olharam para Lou enquanto se sentava, calada, ao lado da lareira.

Lou era sobrinha de Joan West. Seu casamento tinha, como ela mesma dizia, fracassado, há pouco tempo, deixando-a com duas crianças e um rombo financeiro que mal dava para sustentá-los.

– Quero dizer – explicou-se Joan –, se essa srta. Greenshaw quer mesmo alguém para ler os diários do começo ao fim e preparar um livro para publicação...

– É uma possibilidade – falou Raymond.

Lou disse em voz baixa:

– É um trabalho que poderia fazer... e gostaria de fazê-lo.

– Vou escrever para ela – disse Raymond.

– Queria saber – disse Miss Marple, pensativa – o que a velha senhora quis dizer com aquele comentário sobre um policial.

– Ah, era apenas uma piada.

– Isso me lembrou – disse Miss Marple, fazendo sinal positivo com a cabeça de forma vigorosa –, sim, isso me lembrou muito o sr. Naysmith.

– Quem foi o sr. Naysmith? – perguntou Raymond, curioso.

– Ele criava abelhas – respondeu Miss Marple – e era muito bom em solucionar as palavras cruzadas dos jornais de domingo. E ele gostava de dar às pessoas impressões falsas apenas por divertimento. Mas às vezes isso trazia problemas.

Todos ficaram em silêncio por uns instantes, pensando no sr. Naysmith, mas como não parecia haver semelhança alguma entre ele e a srta. Greenshaw, pensaram que a querida tia Jane talvez estivesse ficando um *pouquinho* desconexa devido à idade.

II

Horace Bindler voltou para Londres sem coletar mais excentricidades, e Raymond West escreveu uma carta para a srta. Greenshaw contando-lhe que sabia de uma sra. Louisa Oxley que teria competência para encarregar-se do trabalho com os diários. Após alguns dias chegou uma carta, escrita em caligrafia antiquíssima, em que a srta. Greenshaw revelava-se ansiosa para utilizar-se dos serviços da sra. Oxley, e solicitava um encontro com a tal senhora para que a conhecesse.

Lou marcou logo o encontro, condições generosas foram acertadas e ela começou a trabalhar no dia seguinte.

– Sou muito grata a você – disse para Raymond. – Tudo se encaixa de modo perfeito. Posso levar as crianças à escola, ir à extravagância de Greenshaw e pegá-las na volta. É incrível como tudo deu certo! Só vendo para acreditar naquela velha senhora.

No fim da tarde do seu primeiro dia de trabalho, ela retornou e contou como foi seu dia.

– Quase não vi a governanta – disse. – Ela entrou com café e biscoitos às onze e meia, com a boca torcida e cerrada, e quase não falou comigo. Acho que ela não concorda nem um pouco com a minha contratação.

Prosseguiu:

– Parece haver quase uma rixa entre ela e o jardineiro, Alfred. É um rapaz daqui e é bastante indolente, imagino, e os dois não se falam. A srta. Greenshaw disse do seu jeito distinto: "Até onde me lembro, sempre houve rixas entre os jardineiros e os empregados da casa. Era a mesma coisa no tempo do meu avô. Naquela época, havia três homens e um rapaz no jardim, e oito criadas na casa, mas sempre tinha atrito".

No dia seguinte, Lou retornou com mais novidades.

– Adivinhem? – disse. – Hoje de manhã fui incumbida a telefonar para o sobrinho.

– O sobrinho da srta. Greenshaw?

– Sim. Parece que ele é ator de uma companhia que está se apresentado na temporada de verão do Boreham on Sea. Liguei para o teatro e deixei uma mensagem convidando-o para um almoço amanhã. Muito divertido, na verdade. A velha não queria que a governanta soubesse.

Acho que a sra. Cresswell fez alguma coisa que a deixou aborrecida.

– Amanhã mais um episódio dessa novela assustadora – murmurou Raymond.

– É igualzinho a uma novela, não é? Reconciliação com o sobrinho, o sangue é mais forte que tudo... novo testamento a ser feito e o antigo será desfeito.

– Tia Jane, a senhora está muito séria.

– Estou, minha querida? Ouviu mais alguma coisa sobre policiais?

Lou pareceu confusa.

– Não sei nada sobre policiais.

– Aquele comentário dela, minha querida – disse Miss Marple – deve significar *alguma coisa*.

No dia seguinte Lou chegou ao trabalho de bom humor. Passou pela porta da frente que estava aberta; as portas e janelas da casa estavam sempre abertas. A srta. Greenshaw parecia não temer assaltantes, o que era justificado, pois a maioria dos objetos da casa pesava muitas toneladas e não tinha valor no mercado.

Lou passou por Alfred no caminho. Quando o viu pela primeira vez, estava apoiado numa árvore, fumando um cigarro, mas assim que ele a notou, pegou uma vassoura e começou a varrer as folhas com atenção. Um jovem preguiçoso, pensou, mas bonito. Os traços dele lembravam-lhe alguém. Quando atravessou o corredor a caminho da biblioteca lá em cima, deu uma olhada para a grande imagem de Nathaniel Greenshaw, que ocupava posição de destaque acima da cornija da lareira, mostrando-se no auge da prosperidade vitoriana, recostado numa poltrona enorme, com as mãos repousadas na corrente de ouro do relógio de bolso, cruzadas sobre seu estômago volumoso. Quando o olhar dela moveu-se do estômago para o rosto com bochechas salientes, sobrancelhas grossas e um viçoso bigode preto, ocorreu-lhe o pensamento de que Nathaniel Greenshaw deveria ter sido bonito quando jovem. Talvez se parecesse um pouco com Alfred...

Ela entrou na biblioteca, fechou a porta, abriu a máquina de escrever e tirou os diários da gaveta na lateral da mesa. Através da janela aberta viu, de repente, a srta. Greenshaw com uma roupa enfeitada com folhas de cor marrom-avermelhada, curvada sobre o jardim artificial de pedras e plantas, capinando de modo incansável. Havia feito dois dias de chuva, dos quais as ervas daninhas tinham tirado proveito.

Lou, uma moça criada na cidade, decidiu que se um dia tivesse um quintal, ele jamais abrigaria um jardim ornamental que precisasse ser capinado à mão. Em seguida ela concentrou-se no trabalho.

Quando a sra. Cresswell entrou na biblioteca com a bandeja de café, às onze e meia, ela estava sem dúvida de muito mau humor. Bateu a bandeja na mesa e falou para o nada:

– Visita para o almoço... e não tem nada na casa! O que *eu* devo fazer? Gostaria de saber. E nem sinal de Alfred.

– Quando cheguei ele estava varrendo a entrada para carros da casa – informou Lou.

– É o que eu digo. Um trabalhinho bobo.

A sra. Cresswell saiu do cômodo e bateu a porta. Lou deu risada sozinha. Ficou imaginando como seria o "sobrinho".

Ela terminou o café e voltou a se concentrar no trabalho. Era tão cativante que o tempo passou rápido. Nathaniel Greenshaw, quando começou a escrever um diário, entregou-se aos prazeres da confidência. Examinando uma passagem relacionada ao charme particular de uma garçonete da cidade vizinha, Lou achou que seria necessária uma boa edição.

Enquanto pensava nisso foi surpreendida por um grito vindo do jardim. Deu um pulo e correu para a janela aberta. A srta. Greenshaw estava cambaleando, saindo do jardim ornamental em direção a casa. Suas mãos apertavam o peito, e entre elas projetava-se uma haste emplumada, que Lou identificou, estupefata, ser a haste de uma flecha.

A cabeça da srta. Greenshaw, com seu chapéu de palha gasto, caiu para frente, por cima do peito. Ela gritou para Lou com uma voz falha:

– ...me atingiu... ele me atingiu... com uma flecha... peça ajuda...

Lou correu para a porta. Virou a maçaneta, mas a porta não abria. Foram necessárias algumas tentativas inúteis para se dar conta de que estava trancada. Correu de volta para a janela.

– Estou trancada.

A srta. Greenshaw, com as costas viradas para Lou e girando um pouco os pés, estava gritando para a governanta numa janela mais distante.

– Chame a polícia... ligue...

Em seguida, balançando-se de um lado para o outro como bêbada, desapareceu da vista de Lou, entrando na sala de visitas debaixo da janela. Logo depois, Lou ouviu um barulho de louça quebrando, uma queda forte e, por fim, silêncio. A imaginação dela reconstruiu a cena. A srta. Greenshaw deve ter cambaleado às escuras até uma mesa pequena contendo um jogo de chá de porcelana de Sèvres.

Desesperada, Lou batia à porta, chamando e gritando. Não havia uma trepadeira nem um cano de escoamento do lado de fora da janela que pudesse ajudá-la a escapar dali.

Por fim, cansada de bater à porta, voltou para a janela. A cabeça da governanta apareceu na janela da sala de visitas defronte, bem distante.

– Venha aqui e me deixe sair, sra. Oxley. Estou trancada.

– Também estou.

– Meu Deus, não é terrível? Liguei para a polícia. Tem uma extensão aqui no cômodo, mas o que não consigo entender, sra. Oxley, é como ficamos trancadas. *Eu* não ouvi nenhuma chave girar, e a senhora?

– Não. Não ouvi nada. Oh, Deus, o que devemos fazer? Talvez Alfred possa nos ouvir.

Lou gritou o máximo que pôde:

– Alfred, Alfred.

– Deve ter ido almoçar, como sempre. Que horas são?

Lou deu uma olhada no seu relógio.

– 12h25.

– Ele não deveria sair antes do meio-dia e meia, mas escapa sempre que pode.

– Acha que... acha que...

Lou queria perguntar "acha que ela está morta?", mas as palavras ficaram presas na sua garganta.

Não havia nada a fazer a não ser esperar. Lou acomodou-se no peitoril da janela. Pareceu uma eternidade até a figura impassível do chefe de polícia com seu capacete aparecer na esquina da casa. Ela apoiou-se na janela e ele olhou para cima em direção a ela, protegendo os olhos da claridade com as mãos. Quando falou, sua voz era de reprovação.

– O que está acontecendo aqui? – perguntou, contrariado.

De suas respectivas janelas, Lou e a sra. Cresswell despejaram uma enxurrada de informações confusas em cima dele.

O chefe de polícia providenciou um caderno de anotações e um lápis.

– As senhoras subiram as escadas e se trancaram? Posso perguntar os nomes das duas, por favor?

– Não. Alguém trancou a gente. Ajude-nos a sair.

O chefe de polícia falou de modo repreensivo:

– Cada coisa a seu tempo – e desapareceu debaixo da janela.

Outra vez a espera pareceu uma eternidade. Lou ouviu o barulho de um carro chegando e, após o que parecia ter sido uma hora, mas foram apenas três minutos, a sra. Cresswell e Lou, nessa ordem, foram soltas por um sargento da polícia mais ágil do que o outro policial.

– E a srta. Greenshaw? – a voz de Lou vacilou. – O que... o que aconteceu?

O sargento limpou a garganta.

– Lamento ter que contar, senhora – começou –, o que já falei para a sra. Cresswell. A srta. Greenshaw está morta.

– Assassinada – disse a sra. Cresswell. – Foi o que aconteceu, assassinato.

O sargento ponderou, duvidoso:

– Pode ter sido um acidente... uns rapazes locais atirando com arco e flecha.

Mais uma vez ouviu-se o som de um carro chegando. O sargento falou:

– Deve ser o médico legista – e desceu as escadas.

No entanto, não era o médico legista. Enquanto Lou e a sra. Cresswell desciam as escadas, um rapaz surgiu, hesitante, na porta de entrada, e parou, olhando ao redor com um aspecto um tanto desnorteado.

Em seguida, falando com uma voz aprazível que, de alguma forma, soava familiar a Lou (talvez a voz fosse semelhante à da srta. Greenshaw), ele perguntou:

– Com licença, a... hum... a srta. Greenshaw mora aqui?

– Pode me dizer seu nome, por favor – pediu o sargento dirigindo-se a ele.

– Fletcher – respondeu o rapaz. – Nat Fletcher. Sou o sobrinho da srta. Greenshaw, na verdade.

– Entendido, senhor, bem... sinto muito... tenho certeza de que...

– Aconteceu alguma coisa? – perguntou Nat Fletcher.

– Houve um... acidente... sua tia foi atingida por uma flecha... penetrou a veia jugular...

A sra. Cresswell disse de modo histérico e sem o aprimoramento costumeiro:

– Zua tia foi azazinada, foi o que acontezeu. Zua tia foi azazinada.

III

O inspetor Welch aproximou um pouco sua cadeira da mesa e passou os olhos em cada uma das quatro pessoas que ali estavam. Era o fim da tarde daquele mesmo dia. Ele foi à casa dos West para pegar, mais uma vez, o depoimento de Lou Oxley.

– Tem certeza de que essas foram as palavras exatas? "Me atingiu... ele me atingiu... com uma flecha... peça ajuda."

Lou assentiu com um gesto.

– E quanto ao horário?

– Olhei para o meu relógio instantes depois... era então 12h25.

– Seu relógio funciona bem?

– Olhei para o relógio de parede também.

O inspetor voltou-se para Raymond West.

– Parece, senhor, que cerca de uma semana atrás o senhor e um tal de sr. Horace Bindler foram testemunhas do testamento da srta. Greenshaw.

De forma breve, Raymond relatou os eventos da visita que havia feito à extravagância de Greenshaw junto ao sr. Horace Bindler naquela tarde.

– Este seu depoimento pode ser importante – disse Welch. – A srta. Greenshaw disse-lhe de forma clara que o testamento dela havia sido feito em favor da sra.

Cresswell, a governanta, para a qual ela não pagava nenhum salário em razão da perspectiva de a sra. Cresswell ser beneficiada com a morte dela, foi isso?

– Foi isso que ela me contou. Sim.

– Diria que a sra. Cresswell estava, com certeza, ciente desse fato?

– Diria que sim, sem dúvida. A srta. Greenshaw fez referência, na minha presença, de que os beneficiados não podiam ser testemunhas de um testamento, e a sra. Cresswell com certeza entendeu o que ela quis dizer com isso. Além disso, a própria srta. Greenshaw disse-me que havia chegado a esse acordo com a sra. Cresswell.

– Então a sra. Cresswell tinha razão para acreditar que era a parte beneficiada. O motivo era bastante claro no caso dela, e diria que seria nossa principal suspeita no momento, não fosse pelo fato de que com certeza estava trancada em seu cômodo, tal qual a sra. Oxley, e também que a sra. Greenshaw disse, sem dúvida, que um *homem* atirou nela...

– Ela *estava* mesmo trancada no cômodo?

– Ah, sim. Foi o sargento Cayley que a tirou de lá. Era uma fechadura grande e antiga, com uma chave também grande e antiga. A chave estava na fechadura e não havia como ter sido virada por dentro, nem ter havido alguma manobra do tipo. Não, pode ter certeza de que a sra. Cresswell foi trancada dentro daquele cômodo e não tinha como sair. Não havia nenhum arco e flecha no local e a srta. Greenshaw não poderia, em hipótese alguma, ter sido atingida por aquela janela, o ângulo não deixa dúvida. Não, a sra. Cresswell está fora disso.

Fez uma pausa e prosseguiu:

– Na sua opinião, diria que a srta. Greenshaw era uma trapaceira experiente?

Do canto onde estava, Miss Marple levantou os olhos com um movimento rápido.

– Então, depois de tudo, o testamento não era em benefício da sra. Cresswell? – ela conjecturou.

O inspetor Welch examinou-a de um jeito bastante surpreso.

– Esse é um palpite muito inteligente da sua parte, senhora – disse. – Não. A sra. Cresswell não foi nomeada como beneficiária.

– Da mesma forma como fez o sr. Naysmith – disse Miss Marple, balançando a cabeça em sentido afirmativo. – A srta. Greenshaw disse a sra. Cresswell que deixaria tudo para ela, e assim livrou-se de pagar-lhe um salário... e, entretanto, deixou o dinheiro para outra pessoa. Não tenho dúvida de que ela ficou demasiado satisfeita consigo mesma. Com certeza ela disfarçou o riso quando guardou o testamento dentro de *O Segredo de Lady Audley.*

– Foi uma sorte a sra. Oxley ter sido capaz de nos contar sobre o testamento e em que lugar estava – disse o inspetor. – Não fosse por isso, teríamos feito uma longa busca até encontrá-lo.

– Um senso de humor das antigas – murmurou Raymond West.

– Então, depois de tudo, ela deixou o dinheiro para o sobrinho – disse Lou.

O inspetor mexeu a cabeça de forma negativa.

– Não – disse –, ela não o deixou para Nat Fletcher. A história que corre por aqui... claro que sou novo no local e só soube da fofoca em segunda mão... mas parece que, tempos atrás, a srta. Greenshaw e sua irmã faziam investidas para cima do jovem e belo professor de equitação, e a irmã ficou com ele. Não, a srta. Greenshaw não deixou o dinheiro para o sobrinho... – ele fez uma pausa e coçou o queixo. – Ela deixou-o para Alfred – revelou.

– Alfred, o jardineiro? – Joan perguntou com um tom de surpresa na voz.

– Sim, sra. West. Alfred Pollock.

– Mas por quê? – bradou Lou.

Miss Marple tossiu e murmurou:

– Imagino, embora talvez esteja errada, que deve ter havido... o que chamamos de razões *familiares.*

– Pode chamá-las assim, de certa maneira – concordou o inspetor. – Parece que é um tanto bem conhecido na vila que Thomas Pollock, avô de Alfred, era um dos filhos ilegítimos do sr. Greenshaw.

– Claro – gritou Lou –, a semelhança! Percebi a semelhança hoje de manhã.

Ela lembrou-se de como, após passar por Alfred, entrara na casa e olhara para cima em direção à imagem do velho Greenshaw.

– Suponho que – disse Miss Marple – ela pensou que Alfred Pollock deveria ter orgulho da casa, queria, ao menos, morar nela, já que para seu sobrinho a casa não era de nenhuma serventia e ele a venderia assim que pudesse. Ele é um ator, não é? Qual é mesmo a peça que ele está encenando no momento?

O inspetor Welch pensou que a velha senhora estava desviando do assunto, mas ainda assim respondeu de modo educado:

– Acredito, senhora, que estejam apresentando uma temporada de peças de James Barrie.

– Barrie – repetiu Miss Marple, pensativa.

– *What Every Woman Knows* – disse o inspetor Welch, e em seguida enrubesceu. – Esse é o nome da peça – disse, rápido. – Não sou muito frequentador de teatro – acrescentou –, mas minha mulher foi e assistiu à peça na semana passada. Muito bem feita, ela achou.

– Barrie escreveu algumas peças muito interessantes – disse Miss Marple –, embora deva dizer que quando fui com um velho amigo, general Easterly, assistir à peça de Barrie *Little Mary** – balançou a cabeça desconsolada –, nenhum de nós sabia para onde olhar.

O inspetor, que desconhecia a peça *Little Mary*, pareceu totalmente perdido. Miss Marple explicou-lhe:

– Quando era garota, inspetor, ninguém sequer mencionava a palavra *estômago*.

O inspetor pareceu ainda mais perdido. Miss Marple estava murmurando títulos em voz baixa:

– *The Admirable Crichton*, muito inteligente. *Mary Rose*, uma peça encantadora. Chorei, me lembro. Não gostei muito de *Quality Street*. Depois veio *A Kiss for Cinderella*. Ah, *claro*.

O inspetor Welch não tinha tempo a perder com discussões sobre teatro. Voltou ao assunto em voga.

– A pergunta é – anunciou – Alfred Pollock sabia que a velha havia feito um testamento em benefício dele? Ela contou-lhe?

O inspetor acrescentou:

– Veja, tem um clube de arco e flecha adiante, em Boreham Lovell, e *Alfred Pollock é um dos membros*. Ele é, de fato, um excelente atirador de arco e flecha.

---

* Little Mary é uma gíria para estômago.

– Sendo assim, esse caso está bem resolvido, não? – perguntou Raymond West. – Faria sentido que as portas tivessem sido trancadas com as duas mulheres dentro. Ele com certeza saberia onde elas estavam na casa.

O inspetor olhou para ele e falou com um desânimo profundo.

– Ele tem um álibi – revelou o inspetor.

– Sempre penso que álibis são muito suspeitos.

– Talvez, senhor – disse o inspetor Welch. – O senhor fala como um escritor.

– Não escrevo histórias de detetive – rebateu Raymond West, horrorizado só de pensar na ideia.

– Muito fácil dizer que álibis são suspeitos – prosseguiu o inspetor Welch –, mas infelizmente temos que lidar com os fatos.

O inspetor suspirou.

– Temos três bons suspeitos – disse. – Três pessoas que, por coincidência, estavam muito próximas à cena naquele momento. Ainda assim, o estranho é que parece que nenhum dos três poderia tê-lo feito. A governanta, já tratei dela... o sobrinho, Nat Fletcher, no momento em que a srta. Greenshaw foi atingida, estava a algumas milhas de distância, estacionando o carro em uma vaga e perguntando o caminho... e quanto a Alfred Pollock, seis pessoas juram que ele entrou no Dog and Duck, às 12h20, e lá ficou durante uma hora, comendo seu costumeiro pão com queijo e cerveja.

– Criou o álibi de forma intencional – disse Raymond West, esperançoso.

– Talvez – disse o inspetor Welch –, mas, se o fez, ele de fato *tem* um álibi.

Fez-se um silêncio longo. Então Raymond virou a cabeça para onde Miss Marple estava sentada, ereta e pensativa.

– É com a senhora, tia Jane – disse. – O inspetor falhou, o sargento falhou, eu falhei, Joan falhou e Lou também. Mas para a senhora, tia Jane, está claro como água. Estou certo?

– Não diria isso, querido – disse Miss Marple –, não claro como *água*, e assassinatos, querido Raymond, não são brincadeira. Não acredito que a srta. Greenshaw quisesse morrer, e foi um assassinato particularmente cruel. Muito bem planejado e quase a sangue frio. Não é algo para se fazer *piadas*!

– Sinto muito – Raymond desculpou-se, embaraçado. – Não sou tão insensível quanto pareço. Algumas pessoas tratam as coisas de forma leve para fugir do... bem, do horror que são.

– Acredito que essa é a tendência atual – disse Miss Marple. – Todas essas guerras, e surgem piadas sobre funerais. Sim, talvez não tenha pensado direito quando lhe chamei de insensível.

– Não conhecíamos ela muito bem – observou Joan.

– Isso é *bem* verdade – disse Miss Marple. – Você, querida Joan, nunca a conheceu. Eu também não. Raymond teve uma impressão dela a partir de uma tarde de conversas. Lou a conheceu por poucos dias.

– Vamos, tia Jane – impacientou-se Raymond – conte-nos suas impressões. O senhor não se importa, não é, inspetor?

– De jeito nenhum – respondeu o inspetor, de modo cortês.

– Bem, meu querido, parece que há três pessoas que tinham, ou achávamos que tinham, um motivo para matar a velha senhora. E três razões bem simples pelas quais nenhuma delas poderia tê-lo feito. A governanta não poderia ter sido, porque estava presa no cômodo e porque a srta. Greenshaw afirmou, sem dúvida, que foi um *homem* que atirou nela. O jardineiro não foi, porque estava no Dog and Duck no momento do assassinato. O sobrinho também não foi, pois ainda estava a alguma distância dali, no seu carro, no momento do crime.

– Muito bem colocado, senhora – disse o inspetor.

– E supondo que parece muito improvável que tenha sido um estranho, então em que pé nós estamos?

– É isso que o inspetor quer saber – disse Raymond West.

– As pessoas costumam ver as coisas pelo lado errado – disse Miss Marple, apologética. – Se não podemos alterar os movimentos nem a posição dessas três pessoas, então poderemos, talvez, alterar o momento do assassinato, não?

– Quer dizer que tanto o meu relógio quanto o relógio de parede estavam errados? – perguntou Lou.

– Não, querida – respondeu Miss Marple –, não quis dizer isso de maneira alguma. Quis dizer que o assassinato não ocorreu no momento em que você pensou ter ocorrido.

– Mas eu *vi* – gritou Lou.

– Bem, estive pensando, minha querida, se tudo não foi *arranjado para que você visse.* Sabe, me pergunto se essa não foi a razão verdadeira de você ter sido contratada para esse trabalho.

– O que quer *dizer*, tia Jane?

– Bem, querida, parece estranho. A srta. Greenshaw não gostava de gastar dinheiro, mas ainda assim contratou-a e concordou de bom grado com as condições que você pediu. Pareceu-me que, talvez, queriam que você estivesse naquela biblioteca no primeiro andar, olhando pela janela, de modo que você pudesse ser a testemunha-chave, alguém de fora e de inquestionável boa-fé para determinar o lugar e o momento exato do crime.

– Mas não pode dizer – contestou Lou, incrédula – que a srta. Greenshaw *planejava* ser assassinada.

– Quero dizer, querida – disse Miss Marple –, que você não conhecia a fundo a srta. Greenshaw. Não há um motivo real para acreditar que a srta. Greenshaw que você viu quando foi à casa é a mesma srta. Greenshaw que Raymond viu uns dias atrás, ou há? Ah, sim, eu sei – continuou, a fim de evitar uma réplica de Lou –, ela usava o peculiar vestido antigo e estampado, além do esquisito chapéu de palha, e tinha o cabelo desgrenhado. Correspondia tal qual à descrição que Raymond nos deu no fim de semana passado. Mas essas duas mulheres tinham a mesma idade, altura e tamanho. Refiro-me à governanta e a srta. Greenshaw.

– Mas a governanta é gorda! – exclamou Lou. – Tem seios enormes.

Miss Marple tossiu.

– Mas minha querida, sem dúvida, hoje em dia eu os vejo... hum... nas lojas, expostos da forma mais inapropriada. É muito fácil para qualquer pessoa ter um... seio... de *qualquer* forma e tamanho.

– O que está tentando dizer? – perguntou Raymond.

– Estava apenas pensando, querido, que durante os poucos dias em que Lou esteve trabalhando lá, uma mulher poderia ter encenado as duas partes. Lou, você diz que pouco via a governanta, exceto de manhã, quando ela trazia a bandeja com café para você. Vemos aqueles bons artistas no palco entrando como personagens diferentes, tendo apenas um ou dois minutos para gastar, e tenho certeza de que a troca poderia ter sido feita de forma bem fácil. Aquele penteado de marquesa poderia ser apenas uma peruca colocada e retirada sem dificuldade.

– Tia Jane! Está insinuando que a srta. Greenshaw estava morta antes de eu começar a trabalhar lá?

– Morta não. Mantida sob efeito de remédios, diria. Um trabalho muito fácil para ser executado por uma mulher sem escrúpulos como a governanta. Em seguida, ela fez o acordo com você e colocou-a para telefonar para o sobrinho marcando um almoço numa hora determinada. A única pessoa que poderia saber que essa srta. Greenshaw *não* era a verdadeira era Alfred. E caso você se lembre, nos dois primeiros dias em que trabalhou lá, estava chovendo, e a srta. Greenshaw permaneceu dentro da casa. Alfred não entrou na casa em momento algum, devido à rixa com a governanta. E na última manhã, Alfred estava na entrada para carros da casa, enquanto a srta. Greenshaw estava trabalhando no jardim ornamental... gostaria de dar uma olhada naquele jardim.

– Acha que foi a sra. Cresswell que matou a srta. Greenshaw?

– Acho que, após trazer-lhe o café, a mulher trancou a porta ao sair, com você dentro, carregou a srta. Greenshaw inconsciente para a sala de visitas do térreo, depois disfarçou-se de "srta. Greenshaw" e saiu para trabalhar no jardim ornamental, de onde você poderia vê-la da janela. No devido tempo ela gritou e cambaleou em direção à casa, apertando uma flecha como se tivesse penetrado sua garganta. Pediu ajuda e foi cuidadosa ao dizer "*ele* me atingiu", de modo a afastar a suspeita da governanta. Também gritou para a janela da governanta como se a tivesse visto lá. Em seguida, já dentro da sala de visitas, derrubou as porcelanas de cima da mesa e subiu as escadas com pressa, colocou a peruca de marquesa e, poucos instantes depois, pôde colocar a cabeça para fora da janela e dizer-lhe que também estava trancada.

– Mas ela *estava* trancada lá dentro – disse Lou.

– Sei. É aí que entra o policial.

– Que policial?

– Isso mesmo... que policial? O inspetor se importaria de dizer-me como e quando o *senhor* chegou ao local?

O inspetor pareceu um pouco desnorteado.

– Às 12h29 recebemos um telefonema da sra. Cresswell, governanta da srta. Greenshaw, relatando que sua patroa havia sido atingida. O sargento Cayley e eu fomos diretamente para lá de carro e chegamos na casa às 12h35. Encontramos a srta. Greenshaw morta e as duas senhoras trancadas em diferentes cômodos.

– Então, está vendo, minha querida – disse Miss Marple para Lou. – O chefe de polícia que *você* viu não era o chefe de polícia verdadeiro. Você nunca chegou a pensar nele, ninguém o faria, apenas reconhecemos mais um uniforme como se fosse legítimo.

– Mas quem foi... por quê?

– Quanto à pessoa... bem, se eles estão encenando *A Kiss for Cinderella*, o policial é o ator principal. Nat Fletcher teria apenas que conseguir o figurino que usava na peça. Perguntaria o caminho até a garagem, sendo cuidadoso com o horário, 12h25, e depois seguiria adiante, sem perder tempo, deixaria seu carro próximo à esquina, tiraria o uniforme policial e faria seu "papel".

– Mas por quê? Por quê?

– *Alguém* tinha que trancar a porta da governanta por fora, e alguém tinha que atravessar a flecha na garganta da srta. Greenshaw. É possível perfurar qualquer um com uma flecha apenas lançando-a, mas é necessário ter força.

– Quer dizer que ambos estavam juntos nisso?

– Ah, sim, acho que sim. Mãe e filho, é muito provável.

– Mas a irmã da srta. Greenshaw morreu anos atrás.

– Sim, mas não tenho dúvida de que o sr. Fletcher casou-se outra vez. Ele parece o tipo de homem que se casaria de novo, e acho possível que a criança tenha morrido também, e o tal dito sobrinho era filho da segunda mulher, e nunca foi um parente. A mulher assumiu o cargo de governanta e pesquisou o terreno. Em seguida ele escreveu como se fosse o sobrinho e sugeriu visitá-la, deve ter feito alguma brincadeira com referência a vir vestido de policial, ou a chamou para assistir à peça. Mas acho que ela desconfiou da verdade e recusou-se a vê-lo. Ele teria sido seu herdeiro se ela tivesse morrido sem fazer um testamento, mas claro que uma vez tendo feito o testamento em benefício da governanta, como eles pensavam, ficou tudo resolvido.

– Mas por que utilizaram uma flecha? – observou Joan. – É tão improvável.

– Não é improvável de modo algum, querida. Alfred pertencia ao clube de arqueiros... pretendiam que ele levasse a culpa. O fato de ele estar no pub cedo, às 12h20, foi muita falta de sorte para eles. Alfred sempre saía um pouco antes do horário certo, e esse teria sido o momento certo... – ela balançou a cabeça negativamente.

– Em termos morais, parece mesmo errado que a indolência de Alfred tenha salvado sua vida.

O inspetor limpou a garganta.

– Bem, senhora, suas insinuações são muito interessantes. Terei, claro, que investigar...

IV

Miss Marple e Raymond West pararam próximos ao jardim artificial e olharam para baixo para a cesta de flores cheia de plantas mortas.

Miss Marple sussurrou:

– Alyssum, saxífraga, giesta, campânula... Sim, aqui está toda a prova que *eu* preciso. Quem quer que estivesse capinando aqui ontem não entendia de jardinagem – ela arrancou plantas e sementes. – Então agora *sei* que estou certa. Obrigada, querido Raymond, por me trazer aqui. Queria ver o lugar com meus olhos.

Ela e Raymond olharam para cima em direção à construção extraordinária que era a extravagância de Greenshaw.

Uma tossida os fez olhar para trás. Um jovem bonito também estava olhando a casa.

– Maldito casarão! – disse o jovem. Muito grande para os dias de hoje... ou, pelo menos, é o que dizem. Não tenho certeza disso. Se eu ganhasse a aposta de futebol e embolsasse muito dinheiro, esse era o tipo de casa que gostaria de construir.

Sorriu um pouco tímido para eles.

– Suspeito que eu possa dizer isso agora, que essa casa foi construída por meu bisavô – disse Alfred Pollock. – E é uma bela casa, por isso que é chamada de a extravagância de Greenshaw!

Série Agatha Christie na Coleção **L&PM** POCKET

O homem do terno marrom
O segredo de Chimneys
O mistério dos sete relógios
O misterioso sr. Quin
O mistério Sittaford
O cão da morte
Por que não pediram a Evans?
O detetive Parker Pyne
É fácil matar
Hora Zero
E no final a morte
Um brinde de cianureto
Testemunha de acusação e outras histórias
A Casa Torta
Aventura em Bagdá
Um destino ignorado
A teia da aranha (com Charles Osborne)
Punição para a inocência
O Cavalo Amarelo
Noite sem fim
Passageiro para Frankfurt
A mina de ouro e outras histórias

Mistérios de Hercule Poirot

Os Quatro Grandes
O mistério do Trem Azul
A Casa do Penhasco
Treze à mesa
Assassinato no Expresso Oriente
Tragédia em três atos
Morte nas nuvens
Os crimes ABC
Morte na Mesopotâmia
Cartas na mesa
Assassinato no beco
Poirot perde uma cliente
Morte no Nilo
Encontro com a morte
O Natal de Poirot
Cipreste triste
Uma dose mortal
Morte na praia
A Mansão Hollow
Os trabalhos de Hércules
Seguindo a correnteza
A morte da sra. McGinty
Depois do funeral
Morte na rua Hickory
A extravagância do morto
Um gato entre os pombos
A aventura do pudim de Natal
A terceira moça
A noite das bruxas
Os elefantes não esquecem
Os primeiros casos de Poirot
Cai o pano: o último caso de Poirot
Poirot e o mistério da arca espanhola e outras histórias
Poirot sempre espera e outras histórias

Mistérios de Miss Marple

Assassinato na casa do pastor
Os treze problemas
Um corpo na biblioteca
A mão misteriosa

Convite para um homicídio
Um passe de mágica
Um punhado de centeio
Testemunha ocular do crime
A maldição do espelho
Mistério no Caribe
O caso do Hotel Bertram
Nêmesis
Um crime adormecido
Os últimos casos de Miss Marple

MISTÉRIOS DE TOMMY & TUPPENCE

Sócios no crime
M ou N?
Um pressentimento funesto
Portal do destino

ROMANCES DE MARY WESTMACOTT

Entre dois amores
Retrato inacabado
Ausência na primavera
O conflito
Filha é filha
O fardo

TEATRO

Akhenaton
Testemunha da acusação e outras peças
E não sobrou nenhum e outras peças

IMPRESSÃO:

GRÁFICA EDITORA
Pallotti
IMAGEM DE QUALIDADE

Santa Maria - RS - Fone/Fax: (55) 3220.4500
www.pallotti.com.br